イブの約束

~ETERNAL ANNIVERSARY~

TAKATSUKA Masahiro
高塚 雅裕

文芸社

目次

イブの約束

〜ETERNAL ANNIVERSARY〜

流れ行く時代の中で歩んだ青春の一瞬に
色褪せた記憶につまずいた過去は誰でもある
かけがえのない愛しき灯と刻の尊さに
こんな僕にも……そしてあなたにも……

1　告白……三十年前のクリスマスイブ

秋というどこか寂しげな季節を見届けて、一年で一番世の中が活気づく季節が始まりを告げた今、僕は仕事休みに商店街で買い物をして喫茶店でコーヒーを飲みながら窓の外を眺めていた。街は、もうクリスマス一色になっていると思いながら、ふと昔の出来事が蘇ってきた。

そう、忘れてはいけない大切な想いを……

僕は、当時十九歳。高校生まで静岡県で過ごし、大人の階段を上ろうとしていた。大分県の大学に進学して初めての冬休みの出来事だった。

それまでの僕は、女の子に告白されてお付き合いをするばかりで、自分から告白なんて一度もしたことがない男だった。それは、照れくさいというよりも、自分はモテる方の男性なんだって気分よく毎日を生きていたからで今思えば滑稽だ。それがこの時期、一人の女性に出逢って恋愛観が変わった。今は、携帯があり、SNSの流行の時代だけど、この頃は携帯もなければSNSもない時代で、家の固定電話が主流だった。そのため、ラブレターといった手紙、そして交換日記といったものが流行り、合コンやコンパもない時代に女性と出逢う場はほとんどなく、友人の紹介で女性と出逢うことが多かった。そんな僕が初めて自分から告白した。

今から三十年前のクリスマスイブ、大学一年の冬休みにアルバイトをした時がこの物語の始まりである。大学は九州の大分県にあり、夏休みに二ヶ月実家に戻り、近所の運送屋の仕分けのアルバイトをした。そしてその年の冬休みにも、再び同じ運送屋さんで働かせてもらっていた。僕は、前回二ヶ月働かせてもらったおかげで、仕分けの仕事から事務の仕事に職種が変わっていた。仕事を夏にある程度覚えさせてもらったことと事務の求人の集まりが悪かったことで、気づけば中心的な存在になっていた。

十二月の繁忙期の真っ最中に、一人の女性が面接に訪れた。その時、すぐに素敵な女性だと思い、今思えば初めての一目惚れだった。

「今日からお世話になります、中野伊津美です。よろしくお願いいたします」

僕は照れながら、という言葉より先輩面して、

「高村雅彦です。わからないことあったら聞いて下さい」

その頃の僕は彼女なんていないし、女友達と言えば、高校時代の女の子数人で、大学の休みに地元に帰ってきては仕事が休みの時に遊んでいた。高校生の時に付き合っていた女の子とは、大学が大分県に決まった時点で別れていた。そのため、毎日平凡に仕事に明け暮れていた。

そんな中、仕事中でもなんとか彼女と近くで話が出来ないものか、一緒にやれることがないか、昼食が一緒の時間にならないか、そんなことばかり考えていた。

ある日、休憩時間が一緒になる機会があって、初めてゆっくり中野さんと会話が出来た。

「大学生なんだ。大塚さんから聞いたよ」

大塚さんは女性の社員であり事務員である。人前や、女性と話すことはまったく緊張しなかった男が、人生で初めて緊張した。

「あ。そうです。大学が冬休みで実家に帰ってきてここで働いています」

「大学はどこなの？」

「九州の大分県です」

「え、九州？　いいな一度行ってみたいな」

「是非、来て下さい」

来るわけがないのにと思いながら、僕は緊張して言葉を続けた。

「じゃ、二十歳くらいかな？」

「あ、僕、来年二十歳になります」

「じゃ、私の方がお姉さんだね」

「いくつですか？」

「二十四歳だよ、だから高村くんよりお姉さんだよ」

僕は年上の女性に恋をしてしまったんだと改めて思った。

この年頃って、年上の女性にあこがれを持つ。だからといってそんな理由で中野さんに恋心が起きたわけではない。ショートカットで笑顔が素敵で芸能人にいてもおかしくないくらい可愛かった。僕はどうしても彼女と付き合いたいと思いながら、一生懸命仕事に打ち込んだ。彼女に会いたいがために運送屋さんに働きに行っていた。

十二月の繁忙期中にお休みがあり、親友である朝倉に電話で中野さんのことを話していた。

「今度、バイト先にめっちゃくちゃ素敵な子が入ってきたんだよ、俺、生まれて初めて一目惚れした、なあ、どうしたらいい？」

「そんなの告白すればいいじゃないか、好きって……」

「そんなこと出来るかよ、ましてや相手は五つも上のお姉さんなんだから、俺なんて子供扱いするに決まっているだろ」

「そりゃ、わからないよ」

「俺、モテていたけど、自分から告白なんてしたことないだろ……」

　この朝倉とは高校生の頃から可愛い子を探しに、親の目を盗んでは夜の街に出かけた間柄で、よく悪さもしたし、よく先生に怒られりした親友だった。

「なあ、どうしたらいい？」

「そんなもん、当たって砕けろだよ、俺見てみろよ、こんなにいい男なのにふられてばかりで世間の女どもはほんと見る目がない」

「お前のことはどうでもいいんだよ、俺のこと真剣に考えてくれよ」

「そんなに好きなら、ご飯にでも誘ってみろよ」

　そう言われて、朝倉との電話を切った。

十二月の運送会社はまるで戦争で、受付は次から次へと荷物を持ち込んでくるお客さんで賑わっていた。

僕は、どうしても仕事以外の場所で中野さんと話をしたくて、そればかり考えながら仕事をしていた。

「おい、高村、こっち手伝え……」

「はい、今行きます」

荷主である冷凍マグロの会社さんが持ち込んできた。営業所の所長である中村さんが僕の事を紹介してくれた。

「今、うちでアルバイトしている高村君、こちらは丸正水産の原さん、山岸さん」

「君はいくつだ？」

原さんが聞いてきた。

「十九歳で大学一年生です」

「どこの大学なの？」

「九州の大分県の大学です」

「じゃ、休みで帰ってきてバイトしているのか？」

「はい、そうです」

「君にあげるよ、所長もどうぞ」

そう言って、冷凍マグロの端の部分、言い換えれば商品にならない部分を原さんがたくさんくれた。中村所長が、

「お礼を言えよ」

と僕に促したので、

「ありがとうございます……」

「所長、じゃ、あとよろしく頼みます」

「ありがとうございます、いつもすいません」

丸正水産のお二人は車で立ち去った。

「あの原さん、お前の事気に入ったぞ」

「なんで、僕を紹介したんですか？」

「高村、大学卒業したらうちに入ればいいんだよ。初めて会った時、俺の直感でこういった運送会社の職場に向いてるって思ったから、ただそれだけなんだけどな……」

なんで僕の未来を勝手に考えるんだよ、このおっさんは！　と思ったが、まさか、大学

を卒業した後、本当にこの運送会社に入るなんて、この頃は思っていなかった。なぜなら、プロのミュージシャンになりたい、東京に進出して有名になりたいと思っていたからである。

それは高校一年生の時、今までアイドルばかりテレビで見て応援していた僕が、友達に誘われて東京までロックコンサートを観に行ってからだ。その時の凄い演出やアーチストのカッコ良さを目にして惚れこんでしまい、自分もこういう道に進みたいと思った。言い換えれば、初めて夢というか人生の目標を、この時持つようになっていたからだった。

そんな忙しい毎日に人との出逢い、そしてこの運送業界の繁忙期というものをいろいろ体験させてもらったが、肝心の中野さんを食事に誘うことが出来ずにいた。

僕がなぜ彼女を食事に誘いたかったか、そして仕事以外の場所で話したかったかというと、中野さんに彼氏がいるのか知りたかったからだった。

十二月の繁忙期も折り返し地点を越えた時、僕は人生で初めて自分から行動に出た。たまたま遅番だったこともあり、いつもは自転車で通勤しているのに、今日僕はあえて車で会社に出勤した。

駐車場には従業員の車がたくさん停まっていた。あらかじめ、彼女の車をリサーチしていた僕は、彼女の車の前面ガラスのワイパーに人生で初めて書いたラブレターの封筒を挟んでおいた。そして会社に入りタイムカードを押した。当時、たくさん女性が働いていたので、間違った車のワイパーに挟んでいたら、この話はなかったと思う。

その日は仕事どころではなく、気になって気になってしかたがなかった。

仕事を終えて車に乗ってエンジンをかけたら、僕が車の前面のワイパーに手紙を挟んだように、今度は僕の車の前面のワイパーに手紙が挟んであった。

間違いなのか？

彼女からの返事なのか？

それとも読んだだけで僕に返してきたのか？

不安ばかりがよぎり、一度車から出てその手紙を手にした。手にした瞬間、僕が書いた手紙ではないとわかった。差出人が彼女だったから、ひとまず安心した。しかし、すぐに悪い方に考えてしまい、断りの手紙なのか？　迷惑とでも書かれた手紙なのか？　僕は不安でその手紙をその場で読まずに、コンビニエンスストアで夕食のお弁当を買って、一緒に家に持って帰った。弁当を食べ終わって、恐る恐る手紙の中を見た。

「こんにちは、じゃなくてお疲れさまだよね。

お疲れさま。手紙受け取りました。高村君の気持ち、凄くうれしかったです。一度仕事終わりに話しませんか？

もうじき、クリスマスイブですね。その夜、仕事終わってから会いませんか？

返事待ってます。」

この手紙を読んだ僕は、夜遅くに大声を出していた。

翌日、僕はまた中野さんの車に手紙を挟んだ。

「読んでくれてありがとう。十二月二十四日のクリスマスイブの夜に、仕事終わったら裏道の大通りのラーメン屋の反対車線で停車していて下さい。

夜十時には行けるから。よろしくお願いします。」

それからクリスマスイブまで一生懸命仕事に没頭した。時々、顔を合わせると、なぜかアイコンタクトのような感覚があった。

そして、クリスマスイブ当日、日中は戦争のように受付にお客様がたくさん荷物を持ち込んで、その日は最高の件数を受付した。僕の心は早く中野さんに逢いたいということだけ考えながら頑張って荷受けに没頭してた。

しかし、そんな状況下で早く帰れるわけがない。そんな時に限って不運にも不在連絡の電話が営業所内にかかってきて、僕が電話に出てしまった。

「はい、お電話ありがとうございます。ダイワ急送の高村です」

　この一本の電話が予定を狂わせた。

「もう配達終わってしまったので、明日の配達になりますが、よろしいでしょうか？」

「遅くて申し訳ないんだけど、子供にあげるクリスマスプレゼントなんです。だから何とか今日どうしても届けてほしいんです」

　その時凄く迷った。ドライバーはまだ配達しきれてなくてほとんど営業所に戻っていないし、配達するには僕がその方の家に配達しなければならないし、子供のクリスマスプレゼントと言われれば叶えてあげたい、そう思う反面、中野さんとの約束が果たせない、クリスマスイブに逢えなくなってしまう、そう葛藤した。

「わかりました、今から営業所を出ますので、三十分くらいでお宅に届けにあがります。それまでお待ちください」

　そうお客様に話をして、営業所の中村所長に事情を説明して自分の車で電話の来たお客様宅に向かった。クリスマスプレゼントが届かなければ、子供の夢を僕が壊してしまうと思ったからである。

配達は結構な山間の田舎道を走りながら、三十分で行くと言ったのに実際は五十分もかかってしまった。僕は営業所にあった地図をコピーして向かったが、暗い夜道のため、なかなかそのお宅が見つからなかった。

「ダイワ急送です。お荷物お届けに参りました」

お客様は凄く喜んで、僕の目の前で子供に荷物であるクリスマスプレゼントを渡していた。生まれて初めて、荷物を出す人の気持ち、そして受け取った子供の気持ちがわかったと実感した瞬間だった。そして僕が人と人との想いを繋げたんだとその時思った。

「クリスマスイブにゲームをプレゼントするって子供に約束していたから、ほんとお兄さんありがとうね」

その子供も大好きなお父さんからのプレゼントだから物凄く嬉しかったんだろうなって思った。

「ありがとうございます。メリークリスマス……」

そのお客様に頭を下げてそのお宅を後にした。

しかし、時計を見れば、彼女が仕事を終えて帰宅する時間に近づいていた。

今日はようやく中野さんと仕事以外でゆっくり話せると思っても、今から営業所に戻ると待ち合わせに間に合わない、連絡先をまだ知らないため今日連絡も途絶えてしまう。そんな不安の中、帰りの運転中に、ふと思いついた。

「そうだ、配達完了を会社に連絡して、理由をつけて中野さんに電話を代わってもらえばいいんだ」

そう思って、コンビニエンスストアの公衆電話から営業所に電話をかけた。

「もしもし、高村です。配達終わって、今から営業所に戻ります。あ、それと、中野さんいますか？　いたら代わってほしいのですが……」

電話に出たのは、園ちゃんだった。夜の事務のバイトで僕より一回りくらい年上の山本園子さんというお姉さんだった。

「まだ。いるよ、ちっと待っていて」

保留音が鳴り響いた。周囲を見渡すと若い男女のグループが数人で外で話し込んでいた。

「はい、お電話代わりました、中野です」

僕はなぜか気持ちが高ぶっていたせいか、

「伊津美さんが好きです、付き合ってください……」

そう、公衆電話から叫んでしまった。

「はい、ありがとうございます。帰り待ってます。気を付けて帰ってきてね」

僕は、ため息をついて電話を切った。約束の時間に間に合わないから時間を言うつもりだったのに、クリスマスイブということ、そして、先程配達したお宅の、大好きなお父さんからクリスマスプレゼントをもらう子供の喜ぶ顔が鮮明に焼きついていたため、自分がサンタクロースになった気分でテンションが上がっていた。電話を切ったあと、店の外にいたグループに、

「おめでとう。すげーじゃん」

見ず知らずの男女から祝われた。

僕は彼らに手をあげて、

「ありがとう」

と大きな声で叫んで車に乗り営業所に帰った。

営業所に帰った僕は、ドライバーさんが買ってきてくれたケーキをもらい、すぐにタイムカードを押して待ち合わせ場所に向かった。

僕が待ち合わせ場所に着いたら、中野さんが車のハザードを出して停車していた。僕は車から降りて照れながら、彼女の運転席側の扉をトントンと叩いた。彼女は窓を開けて、

「お疲れさま」

　そう言って僕を笑顔で迎えてくれた。

「うち、そこだから車置いてくるよ」

　二台で行動してもしかたがないと思い、家の駐車場に車を停めて彼女の車に向かった。

そして彼女の車の助手席に乗せてもらった。

「お疲れさま、さあ、どうしようか？」

　少し沈黙が続いた。お互いに照れながら、

「私、高村君より年上だよ、お姉さんだよ、それでもいいの？」

「うん、年齢なんて関係ないし、こちらこそ年下だけどいいの？」

　少し間があり、

「私の過去を知れば嫌になるし、ヤンキーの友達とかもいるし、それでもいいの？」

「断ってもしつこくつきまとう人もいるし、高村君に申し訳なくて」

「俺こそ休みが終わればまた大分に帰らないといけないけど、大学の休みは長いから、必ず、夏と冬と春の休みは真っ先に帰ってくる。当分、遠距離になるけどそれでもいいのかなって」

「私はいいよ、遠距離でも」

「つきまとう人なんて怖くないよ、俺が何とかするから」

「本当に？」

「絶対に俺が何とかするし、かかってこいだよ」

「ありがとう」

彼女はそう言って僕の頬にキスをしてくれた。

「僕は、伊津美さんのこと、なんて呼べばいいかな、これから？」

「伊津美で呼び捨てでいいよ、伊津美の津はつに点々ね……」

「僕のこと、なんて呼ぶの？」

彼女は少し考えながら
「まーちゃんや、まーくんじゃありふれてるから」

彼女は少し考えて
「まぁ、ってこれから外で逢う時は呼ぶから、仕事場では言わないからね、まぁ……」

僕の名前を呼びながら彼女は再び微笑んだ。

俺はもう嬉しかった。自分を好んでくれる人は中学生や高校生の時はいたけど、自分が生まれて初めて告白した人がこんなに可愛くて素敵な女性だったことが何よりも嬉しかった。

「フロントガラスめちゃくちゃ曇っているね」

二人とも話に夢中になっていて、気づけばこの夜は午前二時過ぎまで話をし、一生忘れられない夜になった。

一九九二年十二月二十四日、二人のお付き合いが始まる。

2 ONE DAY SOON

二人の交際がクリスマスイブにスタートした。翌日二十五日もお互い眠たい目をしながら、運送屋さんで仕事をしていた。顔を見合わす度に僕は照れてしまっていた。二十五日はクリスマスなので、彼女にささやかなプレゼントをあげたいと思い、仕事が遅番だったため、午前中に大急ぎでデパートまでプレゼントを買いに行った。

昨晩、車の中で

「明日、クリスマスだよね、明日も仕事終わってから逢おうよ、まぁ……」

僕はそう言われて凄く嬉しかった。だから、何かプレゼントしたいと思い、市内のデパートに買いにきていた。

「お客様、何かお探しですか？」

「いや、ちょっとプレゼントを」

僕は何を買ったらいいのか迷っていた。しかし、帽子売り場が目が止まった。

「あれ、見せてもらえないでしょうか？」

「あのニット帽です」

本当なら、ネックレスとかピアスとか装飾品をプレゼントすればいいけど、僕は学生でまだバイト代も入っていなかったため、持ち合わせが一万円ちょっとしかなかった。そのため、そんな高いものは買えない。たまたま、かわいらしいニット帽が目に入って、見せてくれと言ったものの恥ずかしかったため、

「あ、これでいいです。これプレゼント用に包んで下さい」

僕は、顔を赤くしながら包装されるのを待っていた。

お金を支払う時、

「彼女さんにプレゼントですか？　今年のモデルなので喜びますよ」

「いや、そんなんじゃないんです、仲間内でパーティ開くので」

店員さんに嘘を言ってその場を立ち去った。

仕事を終え今晩逢った時に渡そうと考えていた。

二十五日は伊津美は早番で僕は遅番だったため、三時間違いでそれぞれが仕事を終えた。

伊津美は、また僕の車の前面のワイパーに手紙を挟んでくれていた。

「夜の九時半にまた昨日の場所で待っている」

そう書いてあった。

「お先に失礼します」

「なんだ、今日はお前早いな。デートか？」

「いや、そんなんじゃないんです、仲間がパーティやってるので顔出したくて早く行きたいだけです」

「彼女もいないのか？　しょうがねーやつだな」

僕は早く伊津美の元に行きたいのに、中学の先輩で運送会社のドライバーをしている敏さんに捕まってしまった。

「俺の若い時はもっと積極的だったぞ」

「また、敏さんゆっくり聞きます、それじゃ、失礼します」

社内で敏さんとのやり取りを十分くらいしてしまった。

そんなこんなで九時四十分くらいに伊津美の待ち合わせ場所に到着した。

「とりあえず、車置いてくるよ、家の駐車場に」

そう伊津美に話して自分の車を家の駐車場に置いてきた。手には午前中に購入したプレゼントを手にして。

伊津美の車の助手席に乗った際に

「これ、たいしたものじゃないけど、一応クリスマスだから……」

僕は照れながらプレゼントを渡した。普段から女の子と話すことは何の抵抗もない男だと思っていた自分。でも、実際に自分から女性のために何かをするということは慣れてなくてほんと情けないと思った。言い寄られる女性に有頂天になっていたただの小心者だと改めて思った。

「あ、可愛い……ありがとう」

「こんなんでごめんね。来年はもっといいものをプレゼントするから」

「気にしなくていいんだよ、こうしてどんな物でも心がこもっていれば私は嬉しいから」

「僕よりお姉さんだから、センスがわからなくて」

「それより、どこ行こうか？　お腹すいてるでしょ？」

「ファミレスでいい、夕飯食べよう」

「うん、いいよ。ファミレスで」

この日はまた三時間くらいファミレスで話をして別れた。

「まぁ……まぁ……まぁ……好き」

そう言いながら、帰りの車の中で僕にキスをしてくれた。自分から人生初の告白をした女性とキス出来たことが物凄く嬉しかった。

「今度、仕事がない三十日の昼間会わない？　電話番号をお互いに交換して前の夜に電話するから」

お互い自分の部屋に電話をひいていたため、特に問題もなく話すことが出来ると思った。

翌日も二人とも仕事で、その翌日もお互い仕事で、年末の二十九日まで二人は仕事を頑張った。僕はテンションが上がっていたため、張り切って仕事に夢中になっていた。

「今年も終わったな。みんなお疲れさま」

中村所長がみんなをねぎらった。

「おまえらもよく頑張ったな、来年もまた頼むよ」

この一言が凄く嬉しかったが、もっと嬉しいことが待っているからすぐに、

「お疲れさまでした。よいお年を……」

そう言って僕は会社を出た。

家に帰ると夕飯が用意されていたので、レンジで温めてから五分で食べて伊津美に電話をした。

「伊津美？　僕、まぁだけど」

「終わって帰ってきた？」

「うん、今飯食べ終わった」

「おかえり、お疲れさまでした」

「今日は午前中から荷物が着かないって連絡ばかりで嫌になったよ、まぁは、大変だったの？」

「伊津美と電話で話せると思っていたから、別に疲れなかったよ」

「ところで、明日どうする？」

「ドライブに行かない？　富士の方に」

「いいよ」

「じゃ、伊津美の家まで車で迎えにいくよ」

「ほんと、でも場所知らないでしょ？」

「あ。そうだ、どの辺？」

そう話しながら、

「じゃ、イーストアというスーパーあるでしょ？　そこの駐車場に朝九時でいい？」

「わかった。それじゃ、明日九時ね。待ってる」

「それじゃ、おやすみ」

「まぁ、大好き。おやすみ」

こうして電話を切った。

デート当日。僕は約束の待ち合わせ場所のスーパーの駐車場に十分前に到着して待っていた。まもなく、彼女が走って僕の元に向かってきた。彼女は僕より年上なのに童顔なため、凄く若く見えるし、自慢できる女性だった。しかもよく見ると僕がクリスマスプレゼントに渡したニット帽をかぶってきた。

「あ。めちゃくちゃかわいいよ」

我ながら、センスがいいと思った。実際は、デパートで長居したくないからすぐに決めたニット帽だったけどと思いながら、ますます彼女に惚れこんでいった。

「さあ、出発しよう」

「まぁ、運転大丈夫なの。私運転しようか？」

「大丈夫だよ。任せておいて」

「とりあえず、富士方面に行くね」

車は走りだした。まるで、二人で描く未来への歩む道のように……

気が付けば、富士の牧場にいた。

「伊津美、写真撮ってあげるよ」

「恥ずかしいよ、一人でなんて」

この頃は、二人並んで誰かに写真を撮ってもらうことが恥ずかしくて伊津美一人の写真だった。あれだけ僕はモテると思ってきた男でも年上の女性と付き合うことになったことで何か自信をなくしていた気がする。

こんなデートを休み中何度もした。彼女に会うことが本当に幸せだった時間……

「今度、私の友達と飲まない？　まぁ、未成年だけどもうすぐ成人式だし」

「いいよ、ぜひ会わせてよ、お友達に会ってみたい。でも、俺みたいな年下でいいのかな……」

「まぁ、付き合っているんだよ、年上でも年下でも関係ないよ。自信持ちなよ。まぁは、私の自慢の彼氏だから」

僕は、嬉しかった。彼女がこんな風に話してくれるなんて。告白してから、どこか年齢差を気にしていた。どちらかと言えば、年齢を気にしていたのは僕だったことに気づかされた。

年は明けて一月四日の夜、駅前のチェーン店の居酒屋で僕は彼女と待ち合わせをした。正直、どんな友達が来るのだろうって不安がなかったと言えば嘘になる。でも、彼女を信じて待っていた。

遠くから、僕を呼ぶ声がした。伊津美の声だった。

「まぁ、待った？」

友達は普通のきれいな女性だった。

「まぁ、紹介するね。安藤澄子さん」

「今晩は……はじめまして」

「彼ね、いづの年下の彼って。イケメンだね、よろしくね」

「あ、はい」

やはり、同級生や年下とは違い、なぜか緊張していた。

「まぁ、普段のまぁでいいよ」

伊津美は僕の緊張をほぐしてくれた。

「とりあえず、お店に入ろう」

三人でお店に入った。

「とりあえず、飲み物を頼もうよ」

「僕はビール」

「私もビール。いづは？」

澄子さんは、伊津美のことをいづと呼んでいた。

「私は飲めないけど、一応ビールにしておくかな」

「すみません、生三つ」

「まぁ、あんた未成年でしょ」

「十五日に成人式だからOKでしょ。それにもっと前からお酒さんざん飲んでるし。ここだけの話だけどね」

「僕、澄子さんのこと、なんて呼べばいい？」

「澄ちゃんでいいよ。敬語なんて使わないでね」

「じゃ、澄ちゃんは伊津美とどんな関係なの」

「マブダチかな？」

お互いに顔を見合わせながら、澄ちゃんが言った。

「はい、生三つお待ちどうさま」

店員がビールを僕らのテーブルに持ってきた。

「それじゃ、乾杯しようか？」

「乾杯……」

「澄ちゃんは美人系だよね……」

「いづ、上手く手なずけたね」

伊津美は笑っていた。

「まぁは、口が上手いだけよ」

「澄ちゃんは彼氏いないの」

「やっぱ、しっかり手なずけてないね。お姉さん、痛いところつかれました」

伊津美は笑っていた。

「何か食べ物注文しようよ」

「まぁ、あんた好き嫌い多いから、決めていいよ」

「そうなの？」

「営業所でお弁当とって食べてるけど、こないだ一緒に食べた時、嫌いなものたくさん残していた。肉じゃがもね、人参をよけていたし」

「そう、好き嫌い選手権があったら、間違いなく静岡県でベスト4に入るよ」

「そんなの自慢しなくていいの」

「まぁ、って可愛いね」

澄ちゃんが俺をからかった。

「俺、澄ちゃんと付き合えば良かったかも」

「まぁ、そんなこと言っていいの」

「うそうそ、伊津美さん素敵です」

「あんたち、お似合いだね」

澄ちゃんが言った。

「そうでしょ、最高のパートナーだと思っている」

「これ、調子づくな」

こんな会話をして二時間くらい楽しい時間が過ぎた。

「でも、大分に戻っちゃうんだよね。いづ大丈夫？」

澄ちゃんが心配そうに話した。

「まぁ、浮気するかもよ」

「どうだか？」

伊津美は俺の顔を見たので、

「それは絶対にない。だって、めちゃくちゃ大好きだもん」

「あらあら、オ・ア・ツ・イのね」

「まぁ、あんた澄ちゃんの連絡先も聞いておきな」

「あ、そうそう、二人でいづの悪口話そうね」

こんな時間を居酒屋で過ごしたおかげで、澄ちゃんとも凄く仲良くなった。

いよいよ大分に戻る日が近づいてきた。

前日にバイト代をもらって、その夜伊津美に会った。

「まぁ、明日駅まで送っていくね。ていうかどうやって大分へ戻るの？」

「東京まで行って飛行機で大分空港まで戻る」

「見送りは出来ないけど、駅まで送っていくね」

「伊津美はこれからどうするの？　ダイワ急送続けるの」

「うん、そこにいれば、まぁが帰る場所があるでしょ」

「そうだね。その方がありがたい」

「一ヶ月半学校行けばすぐに春休みだし、単位取ったら、すぐに戻ってまたダイワ急送で働くよ。所長が春も来いって話しているし、杉山さんからは異動になるから引越の方に来ないかって誘われている。その場所は大手町の静岡支店の方なんだけどね……」

「そうなんだ。私なんて、中村所長から契約社員にならないかって言われている、どう思う？」

「いいじゃん、なれば。てことは、今度帰ったら制服姿の伊津美が見れるってことかな。めちゃ、楽しみ」

「うん、契約社員になるよ。まぁのためにも」

「ありがとう、これで安心して大分に帰れるよ。契約社員になったら、教えてね」

「手紙毎日書くからね。住所こないだ聞いたから」

「うん、楽しみにしているし、俺も返事たくさん書くから」

「まぁ……まぁ……」

伊津美は涙を浮かべながら、俺を抱きしめてくれた。その夜は十二時くらいまで車の中で話をして別れた。

大分に帰る当日、もうその日は、伊津美は、どちらかと言えば親のように

「早く、時間に間に合わなくなる、もうダラシナイ……」

僕が少し寝坊したため、家の外で待たせてしまった。

駅で別れ際に車を降りる際に、また伊津美はキスしてくれた。

「しっかり勉強してきなよ。まぁ、きっと授業サボって遊んでいると思うけどね」

「適当にやってくる。伊津美、契約社員になって頑張れよ。必ず手紙書くから、絶対に沢山書くから。とりあえず大分着いたら連絡するから」

そう言って、伊津美に見送ってもらった。

人生初の遠距離恋愛が今日から始まった。

ほんと、この頃は、携帯もないし、ＳＮＳもない時代、もしこの時代にあったら、また違った遠距離恋愛の形だったのかなと思う。

「伊津美、無事に大分に着いたよ」

大分のアパートに着いた瞬間に伊津美に連絡を入れた。

「お疲れさま、疲れたでしょ？」

「とりあえず、頑張るからさ、そして必ず早く戻るから、それまでお互いに寂しいけど、頑張ろうね」

「まぁ、大好き。それじゃ頑張りなよ」

「うん、ありがとう。手紙書くから……」

そう言って、僕は電話を切った。

大学生活がまたこうして始まった。授業中、伊津美に手紙を書いたり、伊津美がどうしているのかなって思う毎日。当時は固定電話も料金が高くて、伊津美と電話をしても三分で切らなければならなかった。だから、僕と伊津美は、電話より手紙のやり取りが多かった気がする。

伊津美からは、一週間に二通から三通は届いた。伊津美はダイワ急送でそのまま働いていたため、誰が今日どうだったとか、そういう話が多かった。僕はFCブレイズというサッカーの同好会に入ったとか、バンド活動しているとかばかりで、学校のことをあまり書かなかった。なぜなら、学校は結構サボってばかりだったし、学食を食べに行っていた感じで、授業に出ても伊津美への手紙書いていたり、友達に授業の代返を頼んで帰っていたからだった。

そんな、ある日の手紙の中に制服姿の写真が同封されていた。

「伊津美だよ、ついに契約社員になったよ。」

そう書かれていた手紙の返事をこの夜書いた。

「イメージとは違ったけど、大人の女性っぽく見えたよ。俺はそっち戻ったら、杉山さんの方に働きに行くよ、ダイワ急送のこともっと知りたいから。」

その後、たぶん僕が送った手紙が伊津美のところに着いてすぐ返事をよこしてくれて、

「同じ店舗より違う店舗にいた方がいいと思うから、杉山さんの方に行きな。いろいろ勉強になると思うし。でも西ヶ谷さんが、まぁが戻ってくるとき大分の椎茸を買って帰ってきてって言っていた。」

伊津美の手紙に書かれていた西ヶ谷さんはダイワ急送の社員で、僕によくしてくれた小中学校の先輩でもあり、弟というか自分の息子にそっくりと言って、やたらと僕の面倒を子供のように見てくれていたので、僕は彼女のことを、下の名前の「操さん」と呼んでいた。この操さんも美人で女優のような容姿で素敵な方だった。

そのため、こっそり伊津美とお付き合いしていることを話して、大分にいる間、伊津美

のことを頼んでおいた。だから、伊津美のことは息子の彼女という感覚で気にかけてくれた。

この操さんは、初めてダイワ急送で働いたときから飲みに連れて行ってくれたりして本当に面倒みてもらっていたし、僕の母親も操さんと仲良くしてくれていた。

「操さんに、まぁが杉山さんの誘いで春は静岡支店で働くって話をしたら、大変な支店だけど大丈夫なのかって心配していたよ。」

「だから、それは操さんが僕に逢えないのが寂しいんだよって。」

と返信に書いた。普段の何気ない話をお互いたくさん手紙に書いていた。

こうして、気づけば大学生活の間で、段ボール箱いっぱいの手紙が溜まった。

3　ライブ

大学の授業も終わり、このまま大分空港まで行って、今回は名古屋経由で静岡に戻る。伊津美の元に戻る。

授業を終えた僕は、その足で大分空港に向かった。

お土産売り場でお土産を買い、空港から電話をした。普通なら実家に電話をするのが先だと思うが、昨晩実家に明日夜遅くに帰ると電話しておいたので、今日は、ダイワ急送の自分が働いていた営業所に電話をした。

「お電話ありがとうございます。ダイワ急送の西ヶ谷です」

「お母さん、おれおれ。高村です、今大分空港だから、明日には一度営業所に顔を出します」

僕は、あえて西ヶ谷さんのことを「お母さん」とふざけて呼んだ。実際は十四歳離れているだけなので、お姉ちゃんと言った方が正解である。

「何がお母さんよ、待ってるよ、代わる？」

伊津美と代わるっていう意味だけど、

「いいよ、どうせ明日逢うから」

「あ、そうそう、私、今日で異動になるから」

「え。どこに？」

「となりの営業所」

「そうなんだ、それは残念だ。なんで急に？」

「それはまた話すから。また飲みに誘うから。話したいことも山ほどあるから」

「わかった、じゃ、飛行機の時間だから」

「気を付けて帰っておいで」

西ヶ谷さんは、僕が大分の大学にいる時に、時々食べ物を送ってきてくれた。それくらい面倒見がいい女性だった。僕は名古屋の小牧空港行きの飛行機に乗った。

無事に実家に戻ったが、到着したのは夜十一時くらいだった。それでも、家に着いた僕は、伊津美のところに電話入れた。

「伊津美？　今、帰ってきたよ」

「おかえり」

「離れていたけど、全然寂しくなかったよ、たくさん手紙送ってくれたからそばにいた感じだった、ありがとう」

「なんか、西ヶ谷さん異動になったんだって？」

「そうなんだよ、いろいろあってね、まぁが大分に戻ってから」

「あ、そうそう四月の勤務表、三月十六日からの分、もう出てる？」

「これからだよ」

「三月十七日と十八日休み取ってくれない？」

「何かあるの？」

「うん、ライブ一緒に行きたいから、たぶん、伊津美は知らないアーチストだけど、一緒に観たいんだ」

「誰の？」

「それは今度教えるよ。明日も仕事でしょ？　会社に顔出すよ」

「あ、所長が替わったよ、まぁも知っている人だけどね。来たらびっくりするよ」

「明日仕事終わったら電話ちょうだい、夜逢おうよ」

「明日ね、わかった。とりあえず営業所で待ってる。おやすみ」

翌日、僕はお昼まで疲れて寝てしまい、営業所に顔を出したのは夕方だった。

「ご無沙汰してます。帰ってきました。これ、皆さんでとうぞ」

「おっ、帰ってきたのか？」

「え、所長になられたのですか？」

「一月十六日付でな、さらに帰りが遅くなるよ」

なんと、所長になられたのは、僕がダイワ急送に初めてアルバイト志願した時に面接をしてくれた石堀さんだった。

「おめでとうございます」

「高村、聞いたぞ。杉山の誘いで統括支店の引越の営業所でバイトするみたいじゃないか？」

「なんであっちに行くんだよ、うちで働けばいいじゃないか？」

「すいません、それには深い事情がありまして」

「何だよ、その事情というのは」

「大分に帰ってから、勘也さんから連絡があって」

「うそ、何それ？」

勘也さんとは、統括支店のナンバーツーであり、この営業所の初代所長だった。そのため、営業所にはよく監視等で顔を出し、僕もよくお話をさせてもらっていた。

「なんで、勘也さんがお前のところに電話してきんだ？」

「いや、僕にもわからないんです」

「おまえ、気に入られたな、あっち大変だぞ」

「皆さん、そう言われますが、社会勉強のつもりであっちでバイトします」

「がんばれよ、たぶん会社はお前を入社させたがっているんだよ」

「いや、僕は音楽やりたいから、まだ就職とか考えてません」

そこに、聞き覚えのある声が聞こえた。

「おかえり、高村の大好きな西ヶ谷さん今日からいないぞ……」

声をかけてきたのは、中学の先輩でドライバーの敏さんだった。

「あ、敏さん、元気でしたか？」

ちょうど、集荷の荷物がいっぱいで敏さんは営業所に戻ってきていた。

「また、バイトするのか？」

「いや、今度支店の方に行かされることになって」

「そうなの？　お気の毒に、あっちは大変だぞ」

「はい、覚悟しています」

「頑張れよ」

「ありがとうございます」

事務所を見渡すと制服姿の伊津美がお客様と話し込んでいた。初めて制服姿の伊津美を見て、何か似合ってないと思った。送られてきた写真の時はいいと思ったけど、実際生で見てみるとなんか不思議な感じがした。

営業所の方々にあいさつして家に戻った。そして先に、初めて明日顔を出す支店にいる杉山さんに電話を入れた。

「お、帰ってきたか？　いつから来れる？」

「明日はとりあえずどんなところかわからないので様子見に行きたいのですが、いいですか？」

「おう、わかった、明日来い」

「車、どこに停めて、どこに行けばいいですか？」

「車でそのまま四階まで上がってこい。そこに事務所があるから、一旦車停めて事務所に入ってこい」

「はい、午後一時くらいに行きますのでよろしくお願いします」

「わかったよ」

明日の予定は決まっていて、後は伊津美の連絡を待つばかりだった。

夜七時をまわったところで電話がかかってきた。

「終わったよ、じゃいつもの場所で待ってるよ」

「わかった」

そう伊津美からの電話を切って、服を着替えて待ち合わせ場所に向かった。待ち合わせ場所とは家の裏の道であり、初めて二人で車の中で話した場所だった。

「お疲れ」

「おかえり、まぁ」

「とりあえず、飯食べようよ。お腹すいた……」

近所のラーメン屋さんに向かった。

「とりあえず、ビールと餃子とタンメン、伊津美は？」

「味噌ラーメンでいいや」

「俺、起きてから何も食べてなくて」

「すきっ腹にビール大丈夫なの？」

「大丈夫だよ」

「でも、元気そうで何より」

「それより、何があったの？　石堀さんが所長になっていて、西ヶ谷さんが異動なんて？　何がどうなっているのか？」

「中村所長と西ヶ谷さんが噂になったのよ、歳が同じこともあって仲良かったじゃん。関係はないと思うけどね。それが、なぜか拡まってしまって……」

「嘘？　そうなの？」

「だから西ヶ谷さんも営業所にいづらくなってね。実際は何にもないって私には話してくれたよ。そういう話が支店長の元の耳に入って呼びだされたみたい。

もともと、中村所長は一月十六日付けで異動だったみたいだけどね……」

「中村所長はどこに異動？」

「愛知の三河らしいよ」

「それって、ある意味左遷？」

「かもね」

話しているうちに頼んだ物がきた。僕はビールで、伊津美はお冷で乾杯した。俺はこの話を聞いて、支店で働いたら、西ヶ谷さんの営業所に電話をすることを決めた。

「いや、ここの餃子久しぶりだな、あ、そうそう明日支店の杉山さんところに午後行ってくるよ」

「あ、ほんと、良かったね」

「何やらされるかわからないけどね」

「引越でしょ？」

「そうみたい、それよりこれ、見て……」

「話していたライブチケット……」

「俺、ほらバンドやっているでしょ？　高校一年生の時に友達と東名バスで東京まで行って初来日公演見たんだ。初めてロックのライブを見て凄かったからさ、伊津美と一緒に見たいし歌知らなくても凄いセットだから見せたいと思って」

「行きたい。それが、三月十七日、十八日休み取ってって話したことね」

「そう、どうしても見せたいんだ。男だからかもしれないけど、ほんと衝撃受けたから。俺の将来の夢を見せたいんだ……」

「うん、わかった、行こう」

「車で東京に行って近くの駐車場に停めてドームまで行けばいいよね……」

「まぁ、運転大丈夫なの？」

「高速道路は何度も走ったことあるから大丈夫。ちなみに大分には高速道路ないんだよ、ほんと驚きだよ。首都高は走ったことないから、怖いかもね」

「運転は交代ですればいいよ」

「そうだね」

ラーメンを食べながらこんな話をして店を出た。

「まぁ、明日頑張ってね」

「うん、明日は頑張らないけど、新しい環境だから不安だよ」

伊津美は僕を抱きしめてくれた。

「それじゃ、おやすみ」

翌日、僕は支店に向かった。到着した時、初めて見る支店の大きさに驚いた。どこから四階に行けばいいのかわからなかったので、一階の受付で杉山さんを呼び出してもらった。少し待つと、杉山さんが降りてきた。

「四階に車で上がってこいって言っただろ」

「いや、どこから上がるのか？　このスロープはトラックは降りてくるけど、普通の車が行っていいのかわからなくて……」

「とりあえず、助手席乗せろ」

そう言われて車を走らせた。

「いいか、ここはスピードを出してはいけないからな。徐行で上まで必ず上がってくること、見つかると館内に放送されるから。注意しろ」

「はい」

車を徐行しながら四階まできた。

「ここが事務所、そのままさらに上に車走らせて」

行ってみると、屋上は社員の駐車場だった。

「この空いているところならどこにでも停めてもいいからな」

「わかりました」

僕と杉山さんは車を降りて、階段で四階の事務所に着いた。

「おまえ、これ書け」

渡されたのは契約書だった。僕はその場で書いて提出した。そして、杉山さんが所長を呼んできた。

「君か？　勘也さんが話していた子は」

「はい？」

と疑問符がつくような感じで応えた。どうも、勘也さんが所長さんに話してくれていたみたいだった。

「所長の村上です。よろしく頼むね。うちは今からが戦争のような繁忙期だから、帰りも遅くなるかもしれないけど頼むね」

「はい、大丈夫です。引越の荷物を運ぶ作業員をすればいいのですか？　何にも聞かされてなくて、勘也さんからも帰ってきたら連絡しろとしか言われてなかったので……」

アルバイトの身でありながら、僕は統括支店のナンバーツーを下の名前で呼んでいた。

度胸と世間知らずということもあったかもしれないけど、勘也さんの苗字は山梨で同じ苗字の人が三人いたからである。

そこに、一人の女性というか僕からしたら母親の年齢くらいの女性の事務員を紹介してくれた。

「石村です。あなたね、噂は聞いています。よろしくお願いします」

何のことか僕はさっぱりわからなかった。

「おまえ、明日から石村さんにしっかり仕事教われ。高村は事務職としてここに呼んだから」

「はい？」

どういう話でこうなったのか？　この時点では将来が約束されていたことを知らなかった。

「何時出勤ですか？」

「八時半な。土日は出てほしいから休みは基本月曜にしてくれ。三月下旬に近づくにつれて帰りは何時かわからないから覚悟しておけよ」

「最初からそれじゃ可哀想じゃないか？」

所長さんが優しく言った。

「あ、こいつ大丈夫だから。どうせ帰ったら寝るだけだから」

　僕は心の中で、俺の何を知っている、デートくらいするよって呟いた。

「そうですけど、三月十七日と十八日だけはお休み下さい。あとは、別にいいですから」

　そう話をして翌日を迎え、朝、事務所でみんなに紹介された。

「高村雅彦です。宅配のことはある程度理解していますが、引越のことは初めてなのでご迷惑をおかけすることが多々あると思いますが、よろしくお願いします」

　こうして、新しい仕事を覚える日々が続いた。噂に聞いていたとおりで伊津美と働いていた営業所とはケタ違いの忙しさで、朝から電話が鳴りっぱなしだった。

　そんな中、毎日少しずつ石村さんが経理的な仕事を教えてくれた。

「ここはね、朝からもう戦争でね。現金を集金してくるからその管理もしなければいけないし、ほんと大変だよ。でも、高村君は前のとこで出来る子だって話が持ち上がってこっちに引っ張ったのよ。こんなこと初めてよ、私も長く勤めているけど、アルバイトが異動なんて」

　石村さんが笑いながら話してくれた。母親感覚で話しやすくて、すぐに石村さんとは打ち解けて仕事を覚えることができた。ここで過ごすことになって、面接の時に話に出ていたように日々帰りが遅くなった。夜の十二時をまわることがあったので、伊津美にも電話出来ない日々が続いたこともあったが、仕事場から営業所に電話を入れ話をしていた。僕が働き出したのを耳にしたのか、西ヶ谷さんからも電話をもらった。

「いろいろ話したいから、今度飲みに行こう。休み教えて」

仕事場からこういったプライベート的な電話もよくした。それほど、忙しくて、家には寝に帰るだけだった。ライブ前日も、

「明日九時に迎えに行くから」

こんな電話も支店から伊津美のいる営業所にした。

そして、ライブの当日。

ライブは夜六時からだから時間的には全然余裕がある。伊津美を迎えに行って助手席に乗せ、高速に入りコンサート会場に向かった。伊津美は縫いぐるみが好きみたいで、僕の車に乗る度に車内の前面に小さな縫いぐるみを取り付けていた。人は見かけによらないなと思った。

「サービスエリアで休憩していこうよ」

「いいよ、せっかくだから、お店見ようよ」

二人は店舗を見ながら、

「これ食べたいね」

二人はお餅がついたフランクフルトとポテトを購入し、サービスエリアに駐車した車の中で食べた。

「まぁ、運転代わろうか？」

「大丈夫、行きは僕が運転するよ」

僕らはサービスエリアを後にして車を走らせた。厚木を越えたあたりから車の量が増えてきて、川崎インターを越えたところで渋滞にはまった。

「渋滞だよ、どれくらい渋滞するのかな」

「まだ全然時間あるから大丈夫だよ」

この時、僕はだんだん緊張してきていた。高速は何度も運転しているが、こんなに車に囲まれたことがなかった。運転大丈夫と言った手前、とにかく落ち着こうと思っていた。のろのろ運転の中、やっと用賀までたどり着いた。用賀のインターも横に広くてここからどうやってライブ会場に行くのか全くわかっていなかった。

「こっち、まぁ、こっちの車線だよ」

「遅いよ、伊津美、地図持っているのだから案内は任せたよ」

「あ、ここ右だよ」

「伊津美、遅いよ」

当時は今のように、カーナビゲーションは当然ない。全国の道路マップを見ながら目的地を目指すのが当たり前だった。

「まぁ、この先を左」

「はいよ」

「次の次を右曲がって」

「はいよ」

「あ、そこ右」

首都高が混んできたので下道を走っていた。

「このまま、まっすぐ、三つ目の信号を左」

「うん、了解」

こんなやりとりを何度もしていたら、

「伊津美、ここさっき走ったよ」

「うそ、あれ」

「伊津美、運転交代して。僕が地図見るよ」

「うん、そうする。私、地図見るの下手だ」

「そうじゃないよ、都内が迷路なんだよ」

僕は路肩に車を停めて伊津美が運転することになった。

「この道をまっすぐに行けば、御茶ノ水の方に出るから、そのまま真っすぐ進んで」

「うん」

ようやく御茶ノ水方面の看板が出てきたので、

「御茶ノ水のどこかにパーキングあったらそこに入ろう。そこに車停めてあとは電車で行こう、終わったらここまで戻って車で帰ればいいから」

「あ、あそこ、パーキング空《あき》って書いてある」

「うん、わかった。あそこに停める」

こうして、御茶ノ水駅の近くのパーキングに無事到着した。一時は、皇居の周りをグルグル回っていたりしていた。気づけは、午後の五時十五分くらいであたりが暗くなっていた。無事に車をパーキングに入れて、電車で水道橋まで行き、ようやくライブ会場に到着した。

気づけばライブ開演十分前だった。

「良かった。ぎりぎり間に合ったね」

「ほんと、一時はどうなるかと思ったけどね」

二人はライブ会場に入った。

「私、初めて入った」

「そう、俺は何回か入ったこともあるし、ここで野球を見たこともあるよ」

「今度、野球見てみたいね」

「今度は新幹線で来ようね、こんなに都内が大変だと思わなかったよ」

二人はようやく安心して座席で飲み物を飲み干した。そして、ライブが始まった。もの凄い演出で伊津美も驚いていた。伊津美はこのロックバンドの歌はほとんど知らなかった。でも、僕のために付き合ってくれた。僕は、前回見た時と同様に今回も見た衝撃、感動、そして音楽性が心に響き、こういうカッコいいバンドをやりたいってさらに自分の将来を大きく描き、大勢の観客の前で演奏したいとより強く思うようになった。そして、前回、今度見るときは、彼女と一緒に見に来るからと、心の中で誓っていたことを思い出した。

それが、ようやく実現したライブ観戦だった。

ライブは二時間半くらいで終演した。

「どうだった、まったく知らなかったと思ったけど」

「あまり、わからなかったけど、二曲くらいは聴いたことがあったよ。でも凄い演出だったね、それと音が凄かった」

「そうでしょ、俺も初めて見た時チョー驚いた。だから、見せたいって思ってね。以前、このライブを見て次の日にギターを買ったよ」

二人はこんな会話しながら、御茶ノ水駅の近くのパーキングまで帰った。

「今度は俺、運転するよ」

「うん、じゃよろしく」

パーキングを出て、とにかく東名高速道路の方を目指して地図を見ながら伊津美が案内をした。しかし、首都高に乗りたくても入口までたどり着かなくて、

「とりあえず、こっちの方向が静岡だから、そのまま走って行けばどこかでわかると思うよ、だからずっとこのまま真っすぐに走るよ」

「まぁ、お腹すかない？」

「すいてる。じゃ、この道を真っすぐ進みながらファミレスとかあったらそこに入って空腹を満たそう」

「うん」

そう言ったけど、進行方向に対して右側にはお店があるのに、なかなか左側にはお店がない。そうこうしていると、道路の標識に一号線のマークが記載してあるのが見えた。

「一号線だよ、この道。このまま真っすぐ進めば迷わず静岡まで帰れるよ」

安心した瞬間、二人の瞳にはファミレスが映っていた。道路の左側だったため、そのお店に入った。

「ハンバーグとライスのこのセット。伊津美は？」

「パスタでいいや……」

二人は注文をした。

「まぁ、疲れたでしょ？　ごめんね」

「大丈夫だよ、伊津美が隣にいるから安心していたし、何かあってもなんとかなるって思っていたから。それにコンサートに間に合ったから」

「それより、帰りが遅くなるね」

「いいよ、遅くなるって話してきたから」

「しかし、都内を車で走るのはほんと大変だね」

この時初めて僕は首都高や都内を車で走った。

ファミレスを後にしたら、二人とも眠たくなってきたけど、頑張って高速まで走った。

「横浜インターまであと少しだよ。頑張ろう」

ようやく高速に乗って海老名のサービスエリアまでたどり着いた。そこで、少し車の中で仮眠した。

「まぁ、側にもっとくっついて」

「うん、寒い？」

「少しね」

この時点でもう朝の二時。結局、家に着いたのは朝の七時だった。

「まぁ、楽しかったね。初めて一緒に一日いれたし、大変だったけど嬉しかったよ」

「俺も、いい想い出になったしね。家の人に怒られない？」

「まぁは大丈夫なの？」

「俺は何時に帰ろうと心配はしないと思うよ、だって高校の時からよく朝方まで遊んだことあったから」

「悪いよね、まぁは」

「友達はみんな遊んでいるよ、夜遅くまで」

「それじゃね、今日休み取っておいてよかったね」

「うん、それじゃ、おやすみ」

僕は伊津美を送って家にたどり着いた。家に着いた時は当然親はもう起きていた。

「何やっていたの？」

「車で東京に行って迷ってね、都内を出るまでに凄く時間がかかって……」

そう言って、とりあえず疲れていたので歯を磨いて寝た。

その日午後三時くらいに起きてシャワーを浴びた。そして、伊津美に電話をした。

「伊津美、おはよう、怒られた？」

「うん、少しね」

「今日も逢えるかな？」

「いいよ、夕飯一緒に食べよう」

伊津美は僕よりもっと早く起きて、なぜか肉じゃがを作って家まで車で持ってきてくれた。

「肉じゃが作ったから、明日にでも仕事行く前に温めて食べて……」

「めっちゃ、嬉しい。ありがとう」

「昨日、大変だったけど意外に楽しかったね。初めてまぁと長い時間過ごしたね。それが一番嬉しかったかな」

「そんなこと言ってくれるなんて嬉しい」

「年下なのに、まぁが頼もしく見えたよ」

「うそ、いつも何だかんだ言って伊津美に甘えているからさ」

「いづみは甘えられるの凄く好きだから、もっと甘えていいからね」

「今日もファミレスでいい？」

「いいよ」

二人はファミレスで食事をしながら二時間も話が弾んだ。

「そういえば、澄ちゃんに逢ってるの？」

「時々、お茶するよ」

「また逢いたいな」

「澄ちゃんもまぁに逢いたがっていたよ」

「じゃ、大分戻る前にまた一緒に飲もうよ」

「彼女に相談してみるね……」

　別れの際に
「次の休みいつ？」

「まったくわからないい、また会社から営業所に電話するよ。これからチョー繁忙期になる？いや、もう始まっているから」

「無理しないでね、今度さ、私が休みの時、まぁの仕事場に朝送って行ってあげる、帰りも迎えに行ってあげる。そうすれば、休みなくても逢えるからね」

「ほんと、嬉しい」

「一度、まぁの職場見てみたいしね」

「いいよ、じゃ会社から連絡するよ」

「うん」

　二人はファミレスを後にして家に戻った。僕はほんと幸せ者だなって思っていた。

4　小さな未来予想図

僕は伊津美のことが大好きでたまらなかった。年上だけど、可愛くて一緒にいると会話が楽しくてこんな幸せと思ったことが今までなかった。大分まで連れて行きたいと思っていたくらいだった。それは、仕事がある故に不可能だったけど、それを覚悟で付き合ったからと心に言い聞かせていた。遠距離恋愛という言葉がこれほど気持ちと葛藤する時間はこの先もなかった。学生時代は、サッカーとバンドに明け暮れていた。ライブを見てからは、さらに情熱を燃やすようになり、友達にシンセサイザーを借りて鍵盤を弾く練習にもひたすら挑戦していた。そんな中でも伊津美に対する気持ちだけは揺らぐことがなかった。

ある日大分に戻った時、普段から大分で一緒にサッカーをしている友人の勝村にこんなことを言われた。

「おまえ、学校卒業したら、どうするんだ？」

「俺はフリーターになって東京でバンド活動したいんだ」

静岡に住んでいても、やはり大都会東京、そこでプロミュージシャンになりたい夢があった。それは伊津美と東京で一緒に行ったライブを初めて観た時から揺るぎない想いだったため、東京で伊津美と一緒に暮らしたい希望も持っていた。

大学三年の夏休み、いつもと同じように静岡に帰り、ダイワ急送で伊津美と同じ職場で働かせてもらっていた。この頃は、夏休みと冬休みは伊津美と同じ職場で、春休みは統括支店の引越の営業所で勤務させてもらっていた。そのため、よく一緒に仕事を終えてから待ち合わせをして、夕飯を食べていた。

「ねえ、澄ちゃんはどうしてるの？」

「相変わらずだよ。今から呼んであげるよ」

伊津美が公衆電話で澄ちゃんの家に電話した。

「まぁが今いるけど、出てこない？」

「いいよ、すぐに行くから場所教えて」

「じゃ、前に三人で飲んだ居酒屋で。こっちも今から向かうから」

僕は、澄ちゃんにどうしても会って聞きたいことがあった。僕と伊津美は車で、前に飲んだ居酒屋に向かった。

「やはり私たちの方が早かったね」

「中に入って席用意しておこうよ」

「そうだね、外で待ってなければ中にいるって思うでしょ」

　二人は居酒屋に入った。

「とりあえず、ビール。伊津美は運転だからウーロン茶でいい？」

「いいよ」

「なんで、そんなに澄ちゃんに会いたいの？」

「え、話していて楽しいし、昔の伊津美をもっと知りたいじゃん」

　僕は伊津美が好き過ぎてこれまでどんな人生を送ってきたのか興味があった。

「昔のことなんて話さないですよ」

　伊津美は舌を出して僕をからかった。

「お二人さん、仲がよろしいことで」

「あ、思っていたより早かったね」

「ちょうどレンタルビデオ返却しに行こうとしていたから」

「澄ちゃん、とりあえずビールでいいよね」

「うん」

「すいません、生一つ追加」

「それよりどうしたのよ、急に？」

「まぁが、澄ちゃんに逢いたいってうるさいから」

「そうなの？」

「私の昔のことをいろいろ聞きたいらしい」

「いづの昔のこと？」

「中学の時とか、高校の時とか卒業してからとかの話みたいよ」

「そうそう、澄ちゃん、で、伊津美はどうだったの？」

「いづはモテたよ、でも本命の人は……。あれは無理だったね」

「澄ちゃん、そんなこと言わなくていいよ」

「ていうか、せっかくなので、今日はお二人に発表があります」

「はい、飲み物お待ちどうさま、これはお通しです」

「私、澄子はついに結婚いたします……」

「え、あの人と？」

「ていうか、澄ちゃん、彼氏いたんだ？　騙していたんだ？」

「あのね、まぁ、私だってこう見えても少しはモテますから」

「うそ？」

「あんた、怒るよ」

「うそ、うそ」

「じゃ、澄子の結婚に乾杯」

伊津美が乾杯の音頭を取った。

「あんたたち二人も招待するからさ、まぁも絶対においで」

僕は、澄ちゃんが結婚するなんて正直驚いた。そんな素振りや浮いた話を伊津美から今まで聞かされていなかったため。

「でも、俺、大学があるから、休みの時でないと出席出来ないよ」

「残念でした。今年の年末で申し訳ないけど、十二月二十三日祝日でしょ。そこで披露宴を行います。だから出席可能です、まぁ、十二月はもうこっちにいるでしょ」

「あ、そうなんだ、じゃ出れるね」

「澄子のウエディング姿見れるんだね。本当におめでとう」

「澄ちゃん、仕事はどうするの？」

「続けるよ、当分はね」

「まぁ、あんた大分の連絡先、住所教えて。招待状送ってあげるから……」

そう言われて、紙に住所、連絡先等を書いて澄ちゃんに渡した。結局、伊津美の過去の話を聞きたかったが、澄ちゃんの惚気《のろけ》話を聞いて澄ちゃんとは別れた。

「澄ちゃん、結婚するのか？　なんか信じられないね」

「でも、良かったよ私は。あの子、苦労してきたから」

「どんな苦労なの？」

「高校の時にね、弟が交通事故で亡くなって、それが理由なのかわからないけど、ご両親が離婚して、澄ちゃんは、母親と二人で暮らしてきたから」

「そうなんだ、そんな過去があるんだ」

「うん、だから友達としてほんと嬉しいよ」

「良かったね、伊津美」

「ところで、まぁ、今大学三年生だけど」

「就職どうするの？　就職活動は……」

「まだ、何も考えてない」

伊津美は僕との未来を描いていた。今までそう言った話をしてきたこともなく、友人の澄ちゃんが結婚することを聞いて、僕の気持ちというかどんな未来を描いているのかこの時点で興味があったのだろう。

「まぁ、大学卒業したらほんとどうするの？　就職？」

「僕はフリーターにとりあえずなって、東京で伊津美と一緒に暮らしたいな」

「そうなの？　私、東京に行くの？」

「嫌かな、俺一度やりたいことがある」

「何？」

「東京で音楽活動。自分が納得するまでやってみたいんだ。自分が初めて描いた夢だから実現したいんだ。そして伊津美と一緒に暮らしたい」

「そしたら、私と一緒になってくれるの？」

「もちろん、そのつもりでいるよ」

伊津美は微笑んだ。

「私にも小さな夢がある」

「え、聞きたい」

「それはね、クリスマスイブに好きな人からプロポーズされたいの」

伊津美は遠まわしに僕にいつかプロポーズしてほしいと話していた。

「そんなこと？」

「そんなことなんて言わないで。他は何も要らないから」

「夢とかそういう話が出てくると思ったから」

「昔ね。ある映画を見て、私もイブにプロポーズされたいって夢みたいな話だけど、そんなシチュエーションがいいなって思っていたんだ」

車の中で会話をしながら、伊津美は伊津美で、僕は僕でそれぞれの未来を考え始めていた。

翌日、ダイワ急送で電話を取ったら、聞こえたのは懐かしい声だった。

「高村くん？　まーくん？　私です」

「はい？」

「私の声わからないの？」

操さんからの電話だった。

「たまには私のところに顔を出しなさい。伊津美ちゃんとデートもいいけど」

「デートが忙しいのではなく、仕事が忙しくて休みが少ないんだよ」

「どうせ、あんた遅番でしょ、昼まで寝ているんだから」

「今日は早番です」

「あ、それじゃ今日飲みに行こう。まさか、今日もデートなの？」

先輩である操さんには昔からなぜか逆らえなかった。

「いいよ、話したいこともあったし」

「じゃ、前に忘年会の二次会で飲んだ店覚えている？」

「操さんの知り合いのスナックでしょ」

「そうそう。そこに夜の七時くらいにはいるからさ、お・い・で」

「はい、わかりました」

「じゃ、ちょっと所長に替わって」

「はい、わかりました」

そう電話で約束して所長に替わった。

仕事を終え、夜の七時半まわったくらいに電話で待ち合わせの場所に到着した。そこは操さんのお友達が経営するスナックというかバーのような店だった。

「いらっしゃいませ」

「あ、来た来た、こっち、こっち……」

「この人たち誰？」

「私の飲み友達」

とんだところに入ってしまったと思った。

「ママ、紹介するね」

「前に連れてきたじゃん、ねぇ？」

「はい、一度お邪魔させてもらいました」

「あ、そうだっけね」

お前が呼んだんだろと言いたかったが言えなかった。

「操ちゃん、誰なの？　この子は？　息子か？」

「違う、私の彼氏」

「はっ？」

操さんの言葉に呆れた僕がいた。

「そんなわけないだろ」

おじさん二人とおばさん一人に笑われていた。ママが、

「操ちゃんの弟分だよ」

「そうです。高村雅彦って言います」

「私のまーくんです」

「おい、若いの。そんな馬鹿な女はいいからここに座って飲め」

「ありがとうございます」

一緒にいたおじさんにウイスキーの水割りをもらった。

「もう、俺はいいや、眠い、帰るよ」

「よりちゃん、旦那連れて帰りなよ」

「すいません、操ちゃん、またね」

三人知らない人がいたが、すぐに二人、よりちゃんという人と旦那さんは帰った。もう一人のおじさんはカラオケを歌い出していた。操さんと二人になったので、

「話って何？」

「あんた何年生になったの？」

「えっ、今三年、あと一年で卒業」

「あんた知ってるの？」

「え、何を？」

「営業所で夏と冬そして支店で春は働いて、あんたは気づかないと思うけど、会社があなたを入れたがっているのよ」

「うそ」

「勘也さん、知っているでしょ、こないだ飲んだんだよ一緒に。そしたらまーくんの話になって。あいつ今大学何年だって聞くから、三年生じゃないかな？　って話したら、まだあいつと連絡取ってるのって聞くから、たまに電話で話すよって話したら、あいつうちの会社は入らないかな？　だって」

「うそ……」

「和田島さんいるでしょ？」

和田島さんとは統括支店長で静岡県内の支店・営業所を統括するトップの人で去年赴任してきた偉い人だった。

「和田島さんもあいつ入れろって、言ってるらしいよ」

「え、マジで」

「だから私は、勘也に頼まれてあなたを口説いてって言われたの。でも私はあの子はあの子なりの考えややりたいことがあると思うから、話はしてあげるけど無理だと思うよって話しておいたけどね」

「さすが、操お姉ちゃま」

　僕は操さんをもちあげた。

「でしょ、あんたやりたいことあるんでしょ？」

「うん、僕は東京行ってミュージシャンやりたいんだけど、伊津美がいるからさ、結構悩んでる。彼女はもういい年齢だから、おそらく結婚したいだろうしね。仕事辞めて一緒に東京行って住むとも思えないしね」

　もう一人のカラオケを歌っていたおじさんが席に戻ってきた。

「おまえら、何話していたんだ？」

「私たちの将来について、ねぇ」

　操さんは俺に同意を求めながらおじさんをからかった。

「操、お前はよくてもこの子がお前を選ぶわけないだろ。こんなばばぁを」

「そんなことわからないじゃんね」

また僕に同意を求めてきた。ママが
「村田さん、飲みすぎですよ。向こうのカウンターで飲みましょう」

ママは空気を察知したのか、操さんとアイコンタクトをして村田さんというおじさんをカウンターの端に連れて行った。

「それで、あんたどうしたいの？　夢を追いかけたいの？　それとも、卒業して会社入る？あんな会社でも一流企業だから、お父さんお母さんも喜ぶでしょ？　そうすれば伊津美ちゃんと卒業してすぐに結婚も出来るし」

「でも、本当に僕を会社がほしがってるの？」

「そうだよ、私に口説いてこいって命令だもん。でも、あんたは私に似ているから、自分がやりたいって思ったことを進みたいと思っているって話してね……」

心の中で勝手にあなたと似させるなと思った反面、当たっているなと思った。さすが、僕より歳を取ってるだけはあると。

「ちょっとトイレ。ママ、私のまーくんを誘惑しないでね」

「はいはい」

　ママが僕に話しかけていた。

「大学生？」

「はい、大学三年です」

「かわいいね。あなたと操ちゃんどういう関係なの？」

「いや、いやそんな変な関係じゃないですよ、あの、腐れ縁というか小中学校の大先輩で。だから逆らえないんです」

「えっ、てことは私の後輩じゃん」

　僕は意味がわからなかった。

「えっ、てことは操さんと同級生ですか？」

　そんな会話中に操さんが戻ってきた。

「私のまーくんをママ取らないで」

「取ってません、私の後輩じゃん」

「あ、そうだ」

　操さんが気づいた。ママと自分が小中学校の同級生だったことに。

「まーくん、そろそろ帰ろう」

「いくらですか?」

僕はママに聞いた。

「あんたはいいのよ、私が出すから」

「ありがとう、ごちそうさまです」

「村田さん、じゃあね」

「失礼します」

村田さんが、最後に
「おまえら怪しいな?」

「そうでしょ? いい関係なの」

「またそんなこと言う」

ほんと、操さんはお酒が入るといつも以上にテンションが上がる。

僕と操さんはお店を後にした。操さんのお宅と家が近いので二人でタクシーで帰った。

「一応、勘也さんには話はしたよとだけ伝えておくから。迷っていたってね。でも、私は、まーくんは自分のやりたいことをやってからでも遅くないと思うよ。会社にこれだけの人を知っているから中途でも入れてくれると思うし」

「そうだよね。僕もなんかやりたいことやってからっていう気持ちがあるんだよ」

「なら、その道に進めばいいじゃない。私は応援してあげるから」

僕の家の方が店から近かったので先に降りた。

「おやすみなさい」

「おやすみ、またね」

操さんを乗せたタクシーは去って行った。そう言えば、彼女が異動になった理由を聞くことを完全に忘れていた。

大学三年の夏休みも終わり、また大分へ帰る前日、伊津美と二人で夕食を食べていた。

「今度はどうやって帰るの？」

「大分ってさ、車がないと行動範囲が狭まるし、せっかくだから車で大分まで帰ろうと思う」

「大丈夫？　大分まで運転。知らない道走るとほんと大変だったじゃん、東京行った時も」

「今度はさ、九州までずっと高速だから、標識だけ見て行けば何の心配もないよ。小倉南インター降りたら大分方面に向かえばそこも一本道だから心配しないで大丈夫だから」

「心配だな。まぁは伊津美がついてないと心配でたまらないよ」

「じゃ、ついてくる？」

明日締めの関係で忙しいこと知りながら僕は伊津美をからかった。

「行きませんよ。でも、また、まぁとお別れか」

「少しの辛抱だよ。あと一年半のね。でも、卒論書かなくてもいい学科だから、少し早めに大分引き払うから、実質はあと一年くらいかな」

「うん、待ってるから。手紙をまた書き続けるから」

僕は伊津美を抱きしめた。

「明日は見送り出来ないけど、気を付けて帰ってね」

僕と伊津美、そして澄ちゃんの未来が少しずつ動き出した夏だった。

5　悩み

　大分に無事に車で到着して、それからはサッカーとバンドにさらに明け暮れていた。特にこの頃は、バンド活動が活発になり週に二度スタジオで曲作りやリハーサルに励み、ライブをするために友達にチケットを売っていた。それだけ、大分でのバンド活動が軌道に乗ってきていた。歌詞を自分で書いて、その歌詞に曲を付けて。僕は子供の頃から耳が人より良かったせいもあり、高校の時、吹奏楽部の顧問からも勧誘を受けたくらいで、自分にとってプロのミュージシャンになることは夢であり自分の才能が活かせる場所くらいにこの頃は思っていた。

　伊津美からの手紙は、遠距離恋愛が始まった時と全く変わらず一週間に最低二通は届いた。だから、僕もよく手紙を書いていた。大学三年にもなると、ある程度単位を取ってしまっているので、大学にも毎日行かなくても特に問題はない。必要な授業だけ顔を出せば、あとは遊んでいてもいいというか自由な時間がたくさんあった。僕は基本、静岡に帰った時に運送屋さんで働いてお金をたくさん貯めて大分に戻るため、こっちでアルバイトをしなくても裕福な生活が出来た。だから、基本昼くらいまではいつも寝て学校に行くのは授業というより、学食を食べに行くような感じで過ごしていた。

十月の終わりに、澄ちゃんから手紙が届いた。

「まぁ、こんにちは、幸せ過ぎる澄ちゃんだよ。しっかり勉強しているの？

さて、私も結婚するので招待状を同封します。それより、卒業したらどうするの？　いづは、卒業したら、まぁと一緒になるみたいなことを話していたよ。

まぁがミュージシャンやりたいみたいなこと言ってるって話していて本当のところはどうなの？　お姉さんが相談にのってあげるから連絡しなさい。それじゃね、早く帰っておいで、澄子お姉さまの晴れ姿見て惚れるなよ。」

澄ちゃんらしい手紙だった。

僕は澄ちゃんに

「澄ちゃんへ、結婚おめでとうございます。でも、絶対に惚れることはありませんから。

僕は迷っています。高校一年生の時からミュージシャンになりたいってずっと思っているし、それが自分が初めて描いた夢であり目標なので。でも伊津美が大好きだし、どちらかを近い将来選択しなければならないのかなって思っています。一番は、東京で一緒に暮らして両方叶えばいいんだけどね、でもそんな簡単にはいかないのかなって……」

このような内容の手紙を書いた。

十一月の初旬に澄ちゃんからまた手紙が届いた。

「いづには話していないけど、まぁは若いから可能性もいろいろあるよね。

でも、こんなにお似合いな二人はいないよ、正直嫉妬したこともあったしね。

自分の将来を決める決断は簡単には出せないと思うけど、私はいづを幸せにしてやってほしいし、まぁも幸せになってほしいと思う。なんかあんたと話していると弟と話している感覚でね。聞いてるでしょ、私、弟亡くしていることを……だから悩みとかあったら話してきな。」

ほんと澄ちゃんは優しいお姉さんだなと思っていた。

僕は当然冬休みも静岡に帰ってきた。そして伊津美に電話した。

「伊津美、スーツ？　ていうか礼服買いに行きたいから、ついてきてくれない？」

「いいよ、明日休みだから紳士服屋さんに行こうよ」

「どんなの買えばいいのかわからないから」

「じゃ、どうせ午前中は疲れて寝ているから夕方迎えに行くよ」

「うん、それじゃ明日十七時ね、そのあと、ご飯食べよう」

「いいよ、了解。それじゃね」

翌日の夕方伊津美が家に迎えに来た。今回は、伊津美が休みの前日に帰ろうと思っていたので、この冬休み初めて伊津美と顔を合わせた。

「おかえり、まぁ」

「ただいま。その後、澄ちゃんと会ってる？」

「先日、澄子のウエディングドレス姿を見たよ、衣装合わせ付き合ってあげた。旦那さんが出張だったのでね」

伊津美は自分も着たいって思っていた。

「そうなんだ、似合っていたでしょ、澄ちゃん？」

「私と違ってスラッとしたタイプでスタイルがいいから似合ってた」

「私は似合わないと思っていたし、なんか澄子を見てさらにショックを受けたよ」

「そんなことないでしょ」

「見たいの、私の姿？」

「そりゃ、見てみたいよ」

車の中で話しながら、お店に着いた。

「いらっしゃいませ」

店員が出てきた。

「どういったものをお探しですか？」

僕はなんて言えばいいのかわからなかったので、伊津美が答えた。

「結婚式に出るので礼服を見に来ました」

「弟さんのですか？」

二人は顔を見合わせた。そして、お互い笑った。

「彼のです」

「大変失礼いたしました」

「やっぱ、恋人に見えないのかな」

伊津美にポツリと言った。

「堂々としてないからよ」

「お客様は身長が高いし、スマートだからスーツとか礼服は似合うと思いますよ。予算はどれくらいですか？」

「安くていいんですが、五万円くらいまでで揃えたいと思います」

「こちらはどうでしょうか？」

いくつか店員さんが選んでくれて持ってきてくれた。

「あ、まぁ、これいいじゃん」

「そう？」

「試着出来ますか？」

「はい、こちらへどうぞ」

僕は伊津美の選んだ礼服を試着した。

「おっ、かっこいい。式場で一目置かれそうだよ」

「やっぱ、元がいいからね」

「調子に乗るな」

「Yシャツはカラーのシャツにしな。白はダサいから」

「これいいじゃん、ワインレッド」

「お客様のサイズですとこれになりますね」

「確かにこの色いいね。ネクタイは白だよね」

「シルバーとかにしなよ、別に決まりはないですよね？」

「はい、決まりとかは特にないです。基本は白い色のネクタイをしますが、若い人はいろんな色のネクタイで式や披露宴に出席しますよ」

「こんな格好したら、一番目立っちゃってモテモテかも……」

「何とかにも衣装でしょ……」

店員さんは笑っていた。

結局、僕はいろいろ選んだがこの店で一式揃えた。

「たまには焼肉でも食べようよ」

「そうだね、焼肉食べよう」

二人は礼服を購入したお店の先にあった焼肉屋さんに入った。

「まぁは、ビール？」

「うん」

「私はウーロン茶」

「大分で生活していると、インスタントラーメンかコンビニのお弁当ばかりだから、ほんとろくな物食べてなくて」

「とりあえず、上カルビ二人前、ハラミ二人前、あとホルモン二人前、それとわかめスープをお願いします」

店員に注文した。

「こうやって、大分行って静岡に帰ってきてもう何回目かなって思う」

「伊津美はたくさん手紙をくれるから。遠く離れている気がしないよ」

「そうだね、まぁも頑張って返してくれるからね」

「僕、明日営業所に顔を出すよ」

「また、西ヶ谷さんから電話あると思うよ」

「おとといかな？　営業所にいた時に電話で話したから」

「あの子はいつ帰ってくるって聞いてきたから」

「うそ、またお酒付き合わないといけないのか？　やれやれだな」

「でも、歳の離れたいいお姉さんがいていいじゃん」

「いや、お酒の席に一緒にいたことないからわからないだけだよ」

でも確かに僕は操さんといい澄ちゃんといい、いい人脈に恵まれた。ダイワ急送さんで働かせてもらったおかげだなと思った。

「だって、聞いたよ、支店でもみんなに可愛がってもらってるって話していたし、会社に入れてくれるみたいなことも聞いたし、勘也さんにも聞いたけど、会社にもし入社したら営業所が取り合いになるって話していた」

その問題もあったと伊津美と話して気づいた。だから、やはり操さんにもこの休み中に会わないといけないと思った。

また翌日から伊津美と同じ職場で冬の繁忙期を過ごした。十二月は毎年戦争のような忙しさの中で僕は本来遅番専門だったのに、朝九時から終わるまで勤務するようになっていた。その中で操さんに帰ってきたことを報告するために仕事中に電話をした。

「はい、ダイワ急送の西ヶ谷です」

ちょうど電話に出た。

「俺、高村です」

「帰ってきたの？　よし、また飲みに行こう」

普段だったら、忙しいからって断るけど、会っていろいろ話したくて、

「十日休みだから、その夜ならいいよ」

「じゃ、こないだの店覚えてる？」

「ママのお店だよね、僕の先輩？」

「そうそう、そこのお店に私は十九時にはいるから顔出して」

「うん、わかった」

僕は電話を切った。

明日請求書をお客様に送る日だ。伝票の整理が溜まっているので、整理というか請求書との突き合わせをしていた。伊津美が手伝いたい顔をしていたけど、電話の嵐で伊津美はそれどころではなかった。

僕ももうこの会社が長いせいか、請求書の発送を任されていた。アルバイトに請求書を任せる会社もどうかと思うけど、信頼だけはしてもらっていた。

僕は知らず知らずのうちに、会社社会という中で既にジョブトレーニングをしていた。

「お先に失礼します……」

伊津美は社員のため、労働時間という決まりがあり僕より先に帰った。帰る際にアイコンタクトをしていた。実は今晩会う約束をしていたからだ。夜七時に受付が閉まって、そこから当日のお金の締めをしてひと段落する。普段は他の人が行うことを、伊津美と会うので僕が率先して行った。

「お先に失礼します」

そう言って今日は仕事を終えた。そのまま家に帰って伊津美に電話をした。

「伊津美、今終わって帰ってきたよ」

「じゃ、今から出るね」

短い時間でも仕事を終えてから伊津美と会って、僕らは毎日こんな生活をしていた。

「操さんと十日の夜、会ってくるよ」

「あ、そうなの、いってらっしゃい」

「操さんもまぁが可愛くて仕方がないんだよ。自分の息子が大きくなったみたいで顔や仕草とかがそっくりだって言っていたよ」

「そうなの？　それより、澄ちゃんの結婚式もうすぐだね。伊津美、結婚したいと思う？」

「まぁは？」

「まだわからない。澄ちゃんの姿見て、いいなって思うかもね」

「そうだね。まぁ、もし私を選んでくれたらクリスマスイブにプロポーズしてね」

伊津美は澄ちゃんの結婚が羨ましく、そして年齢的にも将来を描いているなと僕は伊津美の会話から感じた。僕とやはり結婚したいんだなと。

そんな中、休みの十日を迎えた。相変わらずというか、毎日仕事がハードで昼まで当たり前のように休みの日は疲れて寝ていた。今はほんと週一日しか休みがなくて十二月と春の支店での労働は辛い。でも凄く充実していた。

「こんばんは」

「いらっしゃいませ」

「あら、久しぶりだね、帰ってきた？」

「はい、操さん来てますか？」

「カウンターにいるよ」

「こっち、こっち」

珍しくカウンターで彼女は一人で飲んでいた。店内にはお客様がボックス席に一組だけだった。

「ビールでいいよね、喉渇いたでしょ？」

「ママ、ビールとこの子どうせ寝ていて何も食べてないからお腹に溜まるもの出してあげて」

　ほんと、なぜ俺が飯食べてないことがわかると思った。

「こないだ、伊津美ちゃんと話したよ。あの子、ほんとあんたのことが大好きみたいだね、話していいてそう感じた」

「そりゃ、付き合っているし、僕がいい男だからだよ。もしかして嫉妬？」

　操さんに頭をつつかれた。

「ねぇ、それより勘也さんまだ何か言ってる？　伊津美からもそんな話を聞いてたから」

「まだ言ってるよ、だってここまでいろいろ仕事覚えて頑張ってる姿を目にしてるし、いろんな人があの子どうするのかねって話しているみたい。冬休み終わって帰るでしょ？大分に。春休みはまた支店で働くようになってるみたいだよ。でもほんとありがたいじゃん、みんながまーくん待っていてくれるなんて」

「そうだよね」

「でも私は反対だけどね、就職」

「なんで？」

「やりたいことやりな。自分がやりたいと思うことをやらないで社会に出たらきっと後悔すると思うよ」

　そこにママがビールとピザを出してくれた。

「悩める後輩、頑張りな」

　ママがそう言って励ましてくれた。

「人生、一度しかないから、やりたいことやってからでも遅くないよ」

　操さんと二時間くらいずっとこんな会話をして店を後にした。

「歩いて帰ろうか？」

　操さんがそう言ったので、一緒に歩いて帰った。といっても三十分くらいで家に着く距離だけど、きっと操さんは僕が将来を悩んでいることを感じたからだと思った。

「私もさ、二十歳で結婚してね。今になると自分もやりたい道に進めばよかったって後悔していた時期があったよ」

「そうなんだ、なんでそんなに早く結婚したの」

「子供が出来たから、ただそれだけ。あなたは、自分のやりたいことと伊津美ちゃんのことをどうしたらいいのかだよね、おそらく。それなら、伊津美ちゃんにちゃんと話しなさい。音楽やりたいから、付いてきてくれないかって。

そして一緒に住めばいいじゃん。期日決めてさ、それでダメならまた会社に戻ってくればいいじゃん」

別れ際に操ちゃんが抱きしめてくれた。

「がんばりな。応援してあげるから」

凄く気持ちがすっきりして相談してよかった。

それから毎日澄ちゃんの結婚式まで仕事に夢中になっていた。勘也さんが営業所に繁忙期の陣中見舞いに訪れた。そんな中、勘也さんと話す時間があった。

「西ヶ谷から聞いたよ、おまえ、東京に行きたいんだって」

「はい、せっかくいいお話を下さって申し訳ないんですが……」

「それなら、がんばれ」

「春、支店に来た時にゆっくり話そう。東京に出たいなら、働くところを紹介するから」

「ありがとうございます」

今日は、澄ちゃんの結婚式。結婚式は市内の教会で行われた。天気が良かったため、教会の窓から木漏れ日が二人に射し祝福していた。僕は結婚式の帰りに伊津美と将来のことを話そうと決めていた。挙式が終わり、伊津美と披露宴会場で新郎新婦の登場を待っていた。

披露宴が始まり澄ちゃんは旦那さんの手を握り登場した。

披露宴の席は伊津美の隣だったため、僕たちの席の横を通った時、澄ちゃんが笑顔で僕らを見た。

「おめでとう」

僕と伊津美は声を合わせて言った。

澄ちゃんのウエディングドレス姿を見た時、きれいだなと思いながら、伊津美と僕の姿を重ねていた。僕と伊津美が手を握りながら、披露宴会場を歩く姿が、おそらく僕よりも伊津美の方が鮮明に映し出されていたに違いないと思った。

幸せ溢れる披露宴は滞りなく終わった。帰り際の出口でお見送りをした時、澄ちゃんと少し話せた。

「澄ちゃん、おめでとう」

「ありがとう、まぁ、今日だけはカッコいいよ。いづのことよろしくね」

そう言われて照れながら後にした。結婚式っていいもんだなって思った。

そして冬のアルバイトも終わり、また大分に帰る時がきた。

「まぁ、卒業出来るの？」

「もう単位あと二つで全部取れるから、大学最後の想い出を作りに帰るようなもんだよ」

「ちゃんと、卒業してね」

「わかってる、ちゃんと卒業するから、安心して。それにすぐに春休みだから、また戻ってくるから。もう支店の方から昨日いつ帰ってくるって電話あったから。まだ春休みにもなってないのに……」

「それだけ期待されているんだよ」

僕は少し考えながら、

「ありがたいことだけどね。それじゃ、伊津美、行ってくる」

「頑張ってね」

そう話して僕はまた大分に戻った。二人の将来のことは澄ちゃんの披露宴の後にも、そして結局静岡に居る間ずっと話せずに戻ってしまった。それは、一応単位を全部取れないと予定が立てられないし、卒業出来るとなった時点で未来のことを話そうとこの時決めた。しかし、僕との最近の会話から、僕の考えがどこか伊津美に不安を感じさせているように思えた。

伊津美と一緒になりたいと思っているけど、澄ちゃんの結婚式を見て結婚というプレッシャーが僕には少しあった。

6　夢を追いかけるはずだったのに……

僕は、大分に戻ってからも伊津美と幸せになりたいと思いつつ、どうしたら自分の夢を叶えることが出来るかって毎日ずっと考えていた。サッカーの試合をしていても。バンドの練習でスタジオにいる時も、音楽仲間のライブを見る時も、そして自分がライブで歌っている時でも……。

しかし、この頃から自分が生まれて初めて描いた夢を簡単には諦めてはいけないと思い始めるようになっていた。

「いつ帰ってくるんだ？」

杉山さんからの電話だった。

「二月の二十日頃帰りますので、帰ったら一度支店に顔を出します」

「わかったよ、気を付けて帰ってこいよ」

春は家から車で支店に通わなければならないので、必ず十三時間かけて自分の車で静岡に戻っていた。杉山さんと話して、就職の問題もあるなって考えていた。

もし、卒業して就職すれば伊津美と幸せになることは可能になる。でも、東京で自分の才能がどれくらい通じるのか、自分の力を試すことが出来ない。とりあえず、静岡に戻ったら同級生に会って伊津美を紹介して反応を見ようかなと思っていた。そんな中途半端な考えで静岡に戻った。

「伊津美、帰ってきたよ。明日の夜、夕飯食べない？」

「いいよ。じゃ、仕事終わってから家に迎えに行くよ」

「よろしく。それじゃ……」

車で帰ってきたため、僕はさすがに疲れて翌日は十五時くらいまで寝ていた。

夕方、伊津美は仕事を終わってから家に迎えにきた。

「おかえり」

伊津美は、僕を抱きしめてくれた。

「とりあえず、お腹すいた。まだ何も食べてないからファミレスでも行こうよ。いつものところでいいからさ」

だいたいファミレスは海岸道路沿いのファミレスだった。車の中で海を眺めながら、どうしたらいいのかなってずっと考えていた。

「どうしたの？　今日は静かだね」

「うん、周りは就職活動始めたのに、僕は何もしてなくてね」

「まぁは別に大学卒業したら、そのまま会社に入ればいいじゃん、だって会社がほしがっている、ドラフト一位だよ」

「そうだよね」

「いづみは会社にそのまま入ってほしいな」

「たしかに就職活動しないからね」

「嫌なの？　一流企業だよ」

「たくさんの人たちが僕を可愛がってくれてるから、やはり入るべきだとは考えるけどね」

そんな話を車の中でしていたら、ファミレスに着いた。

「お腹すいた。伊津美何食べる？」

「私はパスタでいいよ。これにする」

「僕は、そうだな。これかな。ライス大盛りで」

「すいません、これとこれを下さい、こっちはライス大盛りで……」

「かしこまりました」

「まぁ、ごめんね、いづみと出逢ったばかりに、私が年上だから自分の人生いろいろ考えちゃうよね」

「そんなことない、僕は伊津美と会ってこんなに幸せと思ったことないから。ただ社会に出るからにはダイワ急送でいいのか、他の仕事も知らないし、そこだけだよ。悩んでるのは」

　初めて僕は伊津美に嘘をついてしまった。

　伊津美はこの時、もう世間でいう結婚適齢期を迎える年齢になっているので、僕が幸せにしてくれるってずっと思っていた。

「まぁ、一応就職活動してみたら？」

「そうだね」

「そういえば、新婚の澄ちゃんとは会ってるの？」

　ここで注文したものが届いた。

「とりあえず、食べよう」

「そうそう、澄子はね、今から話すこと聞いたら驚くよ。あの子今度ラジオで番組をやるの！」

「うそ？　新婚でしょ？　なぜ？　仕事続けてるの？」

「澄子の仕事話したことないっけ？」

「そういえば聞いたことがない」

「FM局に勤めているんだよ」

「うそ？　知らなかった」

「じゃなに、有名人なの？」

「有名人じゃないよ、ラジオだから顔はわからないし、そもそも声だけだから」

「それはそうだけど、だから話しやすいのか？」

「そうかもね」

「毎週金曜の夜の二時間番組だよ。番組名は確か澄子のレディオレディオレディオだったかな」

「いつから、三月二日の金曜のたぶん十八時からスタートだと思う」

「視聴者から、冷やかしの葉書でも送ってみるかな」

「ペンネーム何にするの？」

「決めてないけど、悪ふざけで出してみるかな」

「もし読まれて僕ってわかったら、澄ちゃん凄いね」

夕食を食べて家まで送ってもらった。こうやって話したけど、リスナーの一人として澄ちゃんにこっそり相談しようかと考えていた。

翌日、支店の杉山さんに会いに行った。

屋上に車を停めて階段を降りていく途中に勘也さんに会った。

「ご無沙汰しています。帰ってきました」

「いつから働くんだ、明日か？」

「そのつもりです。とりあえず、杉山さんに呼ばれたので今日は顔出しにきました」

「おまえに話あるから、働き始めたら俺のところに内線しろ」

「はい、わかりました」

そして、僕は四階の事務所に顔を出した。

「息子が帰ってきた。おかえり……」

懐かしい声がした。石村さんだった。

こっそり僕を呼んで、

「去年とは所長も変わったしやり方も変わったから、いろいろ気を使うからね、今回は」

「そうなんですか？」

「おっ、帰ってきたか？」

杉山さんの声がした。

「所長、こいつです。話していた男は……」

「高村雅彦です。よろしくお願いいたします」

「榊原です。期待しているから」

「ありがとうございます」

「で、高村君、いつから来れるの？」

「いつからでもOKです」

「じゃ、明日から来てください」

「わかりました」

営業の方は誰もいなくて、ドライバーの方々が少しいたので挨拶して帰った。

そして、翌日から僕はまた働くことになった。

もう二月の後半からほんと引越の営業所だけあって、繁忙期を実感しながら働くことになった。僕は、もうこの頃になると、繁忙期は辛いけど逆に楽しいと思えるようになっていた。

「アルバイトなのに、お前凄いな」

働いていた職場の人が話しかけてきた。

「いや、そんなことないですよ。皆さんがよくしてくれるからです」

そこに榊原所長が来て、

「え、これ僕にくれるんですか？」

所長が僕に名刺を作ってくれていた。社員でもない身で名刺をもらえるなんて、それだけ期待されているのかなと思った。

「営業が誰か体調不良で欠けたり、その日の見積りの件数が廻りきれなかったら見積りに行かせるから、勉強しておけ。石村さんが、おまえなら出来るって話しているし……」

その時僕は、会社が本当に期待してくれていると実感した。僕の周りにいる諸先輩方やお偉いさんたちはみんな期待してくれているって思った。そのため、家に帰ってからも仕事の知識を入れるために必死で覚えた。学校の勉強もろくにしない男が引越の知識を……。

「見積りに行ってきます」

「気を付けて。わからないことがあったらメモして帰ってきな……」

僕は、見積りのお宅に行き、世間話をしながら見積りも無難にこなしてきた。自分の見積りしたご家族の引越に立ち会わせてもらい、何事もなく引越の搬出作業を終えた時はホッとした。

夜電話で、伊津美に今日のことを話した。

「凄いね。だってこんなこと普通ないじゃん」

「うん、不安だったよ」

もう、この頃は、帰りが夜の十二時くらいになるのが当たり前で、少し早く帰れた時しか、伊津美に連絡も出来なくなっていた。

ある日、勘也さんが僕のところに来た。

「今、少し時間取れるか？」

「はい、今なら……」

「じゃ応接で話そう」

二人は応接室に入った。

「おまえ、なんで西ヶ谷とそんなに仲がいいんだ？」

「いや、僕にはよくわからないんです。初めてアルバイトに行ったときから可愛がってくれて」

「じゃ、あいつが見る目あったのかな」

「そこはどうかわかりせんが……」

「会社入る気ないか？」

僕は黙って少し考えて、

「僕なんかそんなに戦力になると思わないし、それに東京でやりたいことがあって、この話を耳にしてから迷ってます」

「お父さん、お母さんも大学まで行かせて、フリーターみたいな生活をしたら心配するだろ」

「でもチャレンジしたいんです。プロのミュージシャンを目指したいんです」

初めて自分の抑えきれない気持ちを言葉に発していた。

「よく、考えろ。でももし東京に行くなら、働くとこ探さないで、うちの東京支店紹介してやるからそこで働け」

「ありがとうございます。おそらく、今年の秋には大分のアパートを引き払い東京に住む予定です。単位がほとんど取れているので、大学の前期で既に学校に行かなくてよくなります」

「そうか、それなら近くなったら連絡しろ」

「はい、ありがとうございます」

そう言って、僕は勘也さんの名刺をもらった。初めて、自分の気持ちが言葉に出来た。ずっと伊津美の件、夢の件、就職の件で葛藤していた僕が答えを出した瞬間だった。

「何を話してきたの？」

石村さんが心配して声をかけてきた。

「会社に就職しろって言われました」

「でも、僕はやりたいことがあるので、即決出来ずに一度東京に行きたいと話したら、東京行ったら連絡よこせ、東京支店でアルバイトしろって言われました」

「やっぱりスカウトだったのね」

「はい」

周りからは今までもチラチラと耳にはしてきたが、初めて正式に会社に入れと今日言われた。でも、こんな形だったけど、やっと答えが出て安堵していた自分がここにいた。

四月に入り支店の引越営業所での仕事を完全に終えて、大分に帰る準備をした。その夜、伊津美に話をした。

「伊津美、今年の夏で単位全部取れるから、そしたらもう学校に行かなくていいから、大分の部屋を引き払って東京に行きたい」

「なんで、静岡に帰ってこないの？」

「東京でプロのミュージシャンになるのが僕の夢なんだ、実は……」

「一緒にライブ見たときから感じていたよ、もしかしたらそんな話をしたかもしれないけど。だからライブ見せたのかなって思っていた」

この時、初めて伊津美は僕の未来と自分の未来の違いに気づいていた。

「伊津美、東京に引越して落ち着いたら、伊津美を呼んで一緒に住みたいんだ、ダメかな？」

伊津美は少し考えて、ある紙を僕に見せた。僕が生まれて初めて見た紙だった。それは婚姻届の紙だった。

「私はね、まぁが卒業したら結婚したかった。まぁが、そのまま会社に就職して一緒に幸せな家庭を作りたかった」

「いろいろ考えて両方叶えるのは、伊津美が東京に来てくれて一緒に住むことかなと思っていたから。東京行っても、勘也さんが東京支店紹介するからって言ってくれてるから、職には困らないと思う。駄目かな？」

伊津美は沈黙しながら、

「とりあえず、まぁ、やりたいことやってきなよ、東京で。いづみは、今営業所の主軸になってるから簡単に辞められないよ。ごめんね……」

こうして、僕と伊津美の仲に亀裂が入った。伊津美の心から僕が少しずつフェイドアウトして行くように思えた。伊津美は僕を信じてくれていたのに、僕は自分のことを優先して伊津美の想いに応えずに彼女を裏切ってしまった。この場で断られた時点で別れようという合図と僕は思ってしまった。

そして、その後、僕は大分に車で戻った。伊津美からの手紙もこの時を境になくなった。自分が夢を追うことで、伊津美の夢を失わせてしまったことへの罪悪感よりも、もう夢に向かって歩き出していた。

大学四年生の秋、予定どおりに東京に引越をした。引越先は東京都立川市。ここで夢に向かってスタートした。とりあえず、お世話になった操さんにまず連絡を入れた。

「もしもし、高村です。もう卒業式まで大学に行かなくていいので、とりあえず、東京の立川に引越しました。言わなくてもいいかもしれないけど、僕は伊津美を捨てて夢を取りました」

「え、別れちゃったの？」

「うん、東京には一緒に行けないって言われてね」

「あんた私と似ているから、おそらくそうなると思ったけどね。応援しているから、困ったら連絡しなさいね」

操さんに連絡してから、勘也さんに連絡を入れた。

「高村です。ご無沙汰しています」

「東京の立川に住むことになりました。いろいろお世話になりました」

「じゃあさ、俺が東京支店の松下という所長に連絡入れておくから、ここに明日行ってこい」

「いや、そこまではほんと申し訳なくて甘えるわけにはいきません」

「いいから、必ず連絡して明日行けよ……」

「それじゃ、とりあえず会いに伺います。本当にありがとうございます……」

勘也さんに住所と連絡先を聞いて電話を切った。

翌日、僕は松下所長さんのところに電話を入れて電車で会いに行き、東京支店で働くことになった。でも、また静岡ではやったことのない運行管理という部署に配属され仕分けのアルバイトをすることになった。夜の方がお金になるので、夜勤で働いた。休みの日は、都内で出逢った音楽仲間とユニットを組んで、中央線の拠点駅の外で演奏したりして過ごしていた。結構毎日が大変だったけど凄く充実していた。

十二月上旬のある日の出来事。

夜勤で朝帰って寝ていると、電話が鳴った。それは、夏と冬にいつも働かせてもらっている営業所の石堀さんからだった。この時、よく東京の電話番号を知っているなと不思議に思った。

「帰ってきて手伝ってくれないか？」

「それは難しいです。勘也さんに紹介してもらって、今東京支店で働かせてもらっているので」

「実は事務員が二人辞めてしまって、さらにアルバイトの集まりが悪くて営業所がパンクしそうなんだ。どうしてもお前の力を借りたくて……」

「一日考えさせてください」

そう話をして石堀さんとの電話を切った。

僕は迷っていた。せっかく東京に出たのに、仕事も紹介してもらってとりあえず生活しながら、音楽活動やれるのに。なんで今さら戻されるという気持ちと、伊津美と顔を合わせられるのかなという気持ちがあった。少し考えながら。

でも、よくよく考えたら、十二月の一ヶ月だけ戻ればいいし、それに散々お世話になった営業所であり、そこの人たちが困っているから戻って少しでも恩返ししたいと思い、営業所に電話をした。

「明日、帰りますから、石堀所長に伝えて下さい」

ちょうど会議で不在だったから伝言をして帰る準備をした。でも、どんな顔で伊津美に会えばいいのか、そこだけは不安だった。

「繁忙期の救世主が帰ってきました」

「おっ、帰ってきてくれたのか？」

石堀所長が僕を迎え入れてくれた。でも、あたりを見渡しても伊津美の姿がない。今日は休みなんだと思っていた。石堀所長に現状を聞いて、明日から仕事をすることになった。

帰り際にタイムカードの置き場で伊津美の名前を探したがそこに名前はなかった。事務所を出たら、先輩の敏さんが配達する荷物をトラックに積んでいたので、

「敏さん……」

「あれ、東京にいるって聞いたのに」

「それより、中野さんは辞めたんですか？」

「中野さんだけじゃないよ、大塚さんも退職した。だから事務所が大変なことになっているんだよ。明日から来るのか？　頼むな」

「はい、よろしくお願いします」

そう言って営業所を出た。すぐに家に帰って操さんがいる営業所に電話した。

「お電話ありがとうございます。ダイワ急送の吉田です」

「あ、すいません、西ヶ谷操いますか？」

「失礼ですが……」

「子供です」

咄嗟にそう言った。

「お待ち頂けますでしょうか？」

「お電話代わりました」

「僕です」

「今何してるの？　どこにいるの？　東京？」

「アパートは東京の立川にあるけど、営業所に戻ってきてほしいって電話かかってきて明日からまた働く」

「そうなの？」

「それより、伊津美は？　大塚さんは？」

「大塚さんは寿退社、伊津美ちゃんも二週間前に退職したよ……」

「そうなんだ」

「あんた、今晩暇でしょ？　ママのところおいでよ、私も行くから……」

「うん、わかった。じゃ、十九時くらいに行くよ」

僕はそう言って電話を切った。

その夜、操さんとママのスナックで会った。

「おかえり、なんで帰ってきたの？」

「帰るつもりはなかったんだけど、石堀さんにどうしても帰ってきてくれって言われて、お世話になったところだし、困っているっていうから戻ってきた。一ヶ月の出稼ぎみたいなもんだけどね」

「あんた馬鹿だね、戻ってきて」

「仕方ないじゃん、困っているって言われれば断れないよ」

　ママが僕たちの話を聞いていて、

「偉いじゃん、お世話になったところだからって戻ってくるなんて」

「それより、伊津美は？」

「あんたと別れたことは伊津美ちゃんから聞いたよ。彼女は結婚したかったみたいだけどね。でもこれも別にあんたが悪いわけじゃないよ」

「いや、俺が悪いよ」

「縁がなかったって思えばいいよ、これからだってもっといろんな人と出逢うからさ」

「とりあえず、また一ヶ月繁忙期を過ごすよ」

「結局戻ってくるんだから、こういう運命じゃないの？」

　ママが話してくれた。

「まーくん、せっかく夢に向かって行動したのにね。ここで戻ってきたってことは、やはり会社に入るように神様が導いているのよ。それと、本当にやりたかったら、東京にそのまま残るでしょ？　でも、困っているって言われて帰ってくるってことは、そこまでの夢に対する強い想いよりも会社に入るっていう導きの方が勝ったんだよ、きっと……」

なんか、納得した自分がいた。さらに、

「でも、私は嬉しいよ。残念だけどまたまーくんと仕事が出来るからね。

伊津美ちゃんとは縁がなかったんだよ。きっとあんたはいい男だから次見つかるし、これだけ会社があなたをほしがっているんだから、もう切り替えて就職しなさい。お父さん、お母さんのためにも。勘ちゃんに明日電話しておくから」

「うん、ありがとう」

「今日は、ほどほどに飲みな」

僕は水割りをもらい、伊津美の事を想いながら涙が出ていた。自分の選択が誤ったと思ってしまったからだ。

次の日、営業所で仕事をしていたら、勘也さんと統括支店長である和田島さんが営業所に現れた。

「どうだった。東京支店は？」

「すいません。こんな形であちらを辞めることになってしまって……」

「いいんだよ。お前にいろんな経験をさせたかったから、あえて東京支店で働かせたんだから」

和田島支店長さんから、

「高村、ご両親のことをよく考えなさい」

「もう、入社の内定は終わったけど、私が推薦状を書くから、会社に来年の新卒として新入社員で入りなさい」

昨日、操さんと話した時点でもう会社に入ろうと決めていた。

「はい、お世話になります。よろしくお願いいたします」

そう、二人の前で深々と頭を下げた。結局、夢を追いかけて歩き出したが、振り出しに戻り、予定と違う道を歩むことになった。でも、心の中で伊津美はどこで何をしているだろうと思っていた。電話をする勇気さえこの時はなかった。人生の選択の難しさを味わったと心の底から思った。

7　それぞれの未来

卒業前の春休み。でも、僕はそのまま統括支店の引越の方でお世話になっていた。そのまま四月になれば新卒として就職することになるため、上の方と話し合いの結果そのままの流れで正社員として入社が決まっていた。

「就職するのはいいけど、高村君、卒業式は出なくていいの？」

こっちの職場で仕事を教えてくれた石村さんが話してきた。

「いいんですよ、大分に行くの面倒だし、郵送で卒業証書送る手配してあるので」

「それじゃ、ご両親がかわいそうじゃないの？　私が所長に話してあげようか？」

「いいんです。それよりもこの先社員として働くから、この方がいいんです。気づかってもらいありがとうございます」

「それならいいけどね」

石村さんも僕ぐらいの子供がいるので、そのように話したんだと思う。しかし、今年の春はほんと忙しくて、僕も家に帰るのがどんどん遅くなり、結局、長距離ドライバーの仮眠室で何日も会社に泊まった。それくらい、繁忙期がかつてない戦争のような忙しさだった。

「えっ、また泊まったの？」

営業課の中森美保さんが声をかけてきた。この方には僕が支店で働くことになった年から、いろいろ世話になっていた。

「はい、帰るのが十二時越えるとさすがに辛いので」

「ところで僕は四月からどこの営業所に配属されるんでしょうか？」

「候補は何か所かあるみたいで、話し合いをしてるよ」

「あなたはほんと有名人だね」

「いえいえ、そんなことはないですよ、ただ若いだけです」

この中森美保さんは僕より七つくらい上で、正社員になってもいろいろよくしてもらった。時にはご飯に連れて行ってもらったり飲みに連れて行ってもらったり。そして、このかつてない忙しさの中で、僕は形式上の入社試験を行った。しかし、疲れていて寝てしま

い、結局ほぼ無回答だった。テストの監視官が杉山さんだったため、

「おまえ、これじゃ会社入れないよ」

杉山さんが笑いながら勘也さんに話をして、答えも見せてもらい八割以上書かされた。杉山さんと勘也さんは、入社前からこれだけ苦労させているという気持ちで答えを見せてくれたたと思う。

「あと、これに書類や印を押して提出しろ」

「前代未聞だよな、こんな入社試験は」

「すいません」

こうして繁忙期の忙しい中、僕は晴れてダイワ急送の新入社員となった。でも、配属先は決まっていたが、引越の繁忙期が落ち着くまでこの場所にとどまり着任は一ヶ月近く後になった。

「もしもし、伊津美？」

「まぁ」

伊津美に謝罪したい気持ちがあり、配属先で働き始めた数日後の夜に勇気を振り絞って連絡した。

「俺、少し遠回りしたけど、会社に入社した」

「おめでとう。どうしたの？　電話なんて……」

「一度、逢ってくれないかな？」

「別にいいけど」

「じゃ、明日休みだから迎えにいくよ。十九時くらいでいい？」

「いいよ」

「じゃ、明日でよろしく。おやすみ」

僕は、東京の立川から戻った際に、自宅には住まずに独り暮らしをしていた。それなりの給与をもらえるし、一人暮らしなのに、２ＬＤＫの賃貸に越していた。それは、ここで伊津美とやり直して再スタートするつもりだったからだ。

そして当日伊津美を迎えに行った。

「久しぶりね。卒業はちゃんと出来たの？」

「うん、今は千代田営業所に配属されて毎日遅くまで仕事しているよ」

「まぁはもう仕事ある程度知っているから、楽でしょ？」

「そうだね。伊津美、仕事辞めてどこで何をしているの？」

「就職してね、事務員やっているよ」

「そうなんだ、安心した……」

「どこも行かずにここで話そう」

本当は部屋を見せて伊津美に謝りたかった。でも、彼女の気持ちが僕にないことがこの時わかった。人生初の後悔を味わった瞬間だ。

「まぁ、まぁ、まぁ……」

と、それだけ伊津美は言葉を発して沈黙が続いた。そして、僕は会話の中で伊津美の心を覚《さと》ってしまい、

「ありがとう。会社で出世出来るように頑張るからさ、伊津美も頑張ってね」

伊津美は、年齢的に三十歳に近づいてくるにつれて現実を考えるようになっていた。

「お互い、がんばろうね、まぁ、元気でね」

そう言って僕の車から伊津美は降りた。そして運転席の窓をあけて、携帯の電話番号を渡した。ちょうど、この頃から携帯電話が世の中に普及し僕も持っていた。伊津美からかかってくるなんて思わなかったけど、この時点で僕はまだ心の隅に微かな想いがあり断ち切れなかった。僕は強がりながら、

「伊津美、ありがとう。そして嫌な思いをさせて悪かった、ごめんね」

伊津美は笑顔を見せながら、でも彼女の瞳には涙が浮かんでいた。僕はこの場所から車を走らせた。二人の物語に完全なる終焉の幕が下りた。

僕は、ここから仕事に没頭することになる。

「お電話ありがとうございます。ダイワ急送の高村です……」

「はい、ありがとうございます。集荷ですね、後ほどお伺いいたします」

「四号車どうぞ」

「はい、四号車」

「増田酒店、集荷願います」

事務所で集荷や再配達の連絡、そして受付業務、伝票の出力、会社の資料作り、ドライバーのマネジメント等、僕は夜遅くまで仕事をしていた。

そのおかげもあり、入社して一年目の冬に僕は営業所の副所長になった。他の社員と比べ僕はアルバイト時代から必死でやってきたこと、そして学生時代から仕事になぜか夢中になっていたことから、他の新人より業務そして組織の仕組みを理解していた。そのため出世が早かった。

ある休みの日、洋服を買いに街の複合施設に行ったときだった。

その複合施設の一階を歩いていると、聞き覚えがある声が館内から聞こえていた。

「静岡市のペンネームさっちゃんさんからのリクエストで……」

この声は澄ちゃんだと思った。この複合施設の一階にはラジオのサテライトスタジオがあった。せっかくなのでサテライトスタジオの中を見ると、澄ちゃんが話していた。僕は少し彼女の仕事場の様子をそうっと覗いていた。彼女が外を向いた時、僕は手を振ったため彼女が気づいた。

ちょうど、先ほどのリクエスト曲が流れていたため、スタジオブースから出てきた。

「まぁ、久しぶり。あんた元気にしていたの？」

「うん、初めて澄ちゃんの仕事ぶりを見たよ」

「そうでしょ？　こんな場所になかなか来ないでしょ？」

「もう戻らないとまずくない？」

「あと十五分で終わるからさ、待っていてよ。お茶しよう」

「いいよ、そこの喫茶店にいるからさ、終わったら来て」

「うん」

そう言って彼女はスタジオに戻った。それから二十分くらい経過して、澄ちゃんがやってきた。

「コーヒーでいいの？」

「うん」

「すいません、コーヒー一つ追加で」

僕は澄ちゃんの分をウエイトレスに頼んだ。

「久しぶりだね……あんた卒業出来たの？」

「出来たよ、今は運送会社にあのまま入社したんだ」

「どう、名刺持ってるの？　ちょうだい」

僕は財布に入れていた名刺を渡し澄ちゃんと名刺交換をした。

「いづと別れちゃったんだってね」

「うん、ごめんね」

「私に謝ることはないよ、男女の仲だもん」

僕は大分から東京に行ってしまってから、どうしても会社に入社するまでの空白の伊津美の数ヶ月を知りたかった。

「去年のこと聞いていい？」

「いいよ」

「コーヒーになります」

ウエイトレスが持ってきた。少し間を空けて、

「僕が大分から帰ってきた時だったか、伊津美に婚姻届を見せられた。でも、東京で音楽やりたくて、落ち着いたら伊津美を東京に呼びたかった。しかし、彼女は僕の卒業を待ってすぐに結婚したかったみたいで……」

「そうだよ、あんたがそんな選択を考えたから、通じ合っているものに亀裂が入ったんだよ」

「僕が馬鹿だった」

「そうだよね、結果的には今運送屋さんで働いているんだから、馬鹿だと思うよ。でもいづも悪いよ。人生を焦ったんだから」

「いや、僕が悪いよ」

「いづも私が結婚したのを目にしていたし、それにまだ大学生のあんたに人生というか未来を考えさせてしまったから」

「そうなのかな。でも選択を間違ったから伊津美を悲しませたんだよ。信じていてくれたものを裏切ったんだから」

「やっぱりさ、まだまぁは若いけど、もう私たちの年頃になると結婚とか焦ってしまうもん、事実私もそうだったから」

「それで、その後の彼女はどうだったの？」

「元気なかったよ、それにここにいたらというか会社に勤めていたら、まぁに再会するって思って身をひいたの」

「今は何してるの？」

「ガス屋さんの事務かな」

「彼女は幸せなの？」

「あんた、知らないの？　もうすぐ結婚式あげるよ。私は招待されているから行くけどね」

「そうなんだ」

「しかも出来ちゃった婚だけどね」

「そうなんだ。幸せなら安心だけどね」

「でもね、あんたたち、年齢は離れていたけど、毎日楽しそうで幸せだったんじゃない、いづも話していた。いろんな男性と付き合ったけど、こんなに一緒にいて楽しいと思える人は初めてだったって……。だから私はまぁと一緒になると思っていたよ」

「ほんと馬鹿だったよ、僕は」

澄ちゃんは時計を見て、これから次の打ち合わせがあるみたいで、

「まぁ、あんた携帯持っているでしょ」

「うん、番号教えるよ」

「私も教えておくよ、またご飯でも食べよう」

そう言ってコースターにペンで電話番号を書いてくれた。

「この番号にかけてみて」

そう言われて澄ちゃんの電話番号に電話をした。

「ワン切りするから登録しておくよ」

澄ちゃんは伝票を持ってレジに向かった。

「いいよ、コーヒー代くらい僕が出すよ」

「年上が払うのが普通だよ。今度美味しい焼肉でもおごって……」

会計をすませて二人は店を出て行った。

でも、伊津美のその後が聞けて今日は良かったと思った。僕は仕事にさらに励んだ。なぜか吹っ切れたようで毎日がさらに充実していた。帰りが夜の十二時をまわっても、毎朝六時三十分には会社に出勤して、家にいるより会社にいる方が多かった。そんな毎日を過ごしている中、仕事から帰って友達と休みに飲みに行く連絡を入れようと携帯を見たら、澄ちゃんからショートメールが入っていた。

「まぁ、元気？　ほらこれ見せてあげる」

伊津美のウエディングドレス姿の写真を添付してきた。

「人生それぞれ違う道になったけど、頑張りなさい。っていうかこんなの送ったら未練が残っちゃうかな。ごめんね。でも、綺麗でしょ？」

僕は伊津美とのことを吹っ切れていたのに、でもその写真は本当に綺麗だった。

そして、僕は友人に電話をかけて今度の休みに飲みに行く約束を取りつけた。

その日は高校時代の仲間と居酒屋で飲んでいた。

「おい、帰りいつも遅いけど、何時まで仕事しているんだ？」

朝倉が飲みの席で僕に話してきた。今日は朝倉以外にも高校時代の友達が何人か集まっていた。

「朝、家を六時に出て帰りは夜十二時くらいだよ」

「お前、そんなんで楽しいか？」

「大変だけど充実しているよ」

もう一人の同級生である川端がそれを聞いていて、

「仕事終わって、飲みに行ったり合コンしたりとかアフターを楽しめないじゃないか？

そんなの俺は嫌だね。好きなことも出来ないで仕事に没頭なんて、俺には考えられない」

川端の話したことに納得した自分がいた。

「彼女も作れないだろう、そんな時間のない生活をしていたら……」

「そうそう」

朝倉がうなずいた。

「そりぁ、つまらないかもしれないけど、仕事も大変だけど楽しいからさ、忙しさの中にも楽しさは隠れているよ」

僕は、こんな言葉を発した裏でうらやましいと思っていた。好きなこともやれずに会社社会にどっぷり浸かっている自分を見つめ直した瞬間だった。

「だってお前、ミュージシャンはどうしたんだよ」

「おう、そうだよ、あれほど俺たちに高校の時、語っていたじゃないか……」

　僕は伊津美への罪悪感の気持ち、そして自分の音楽をやりたい気持ちを隠していた。言い換えれば封印していた夢というものがまた僕の心に蘇ってきていた。僕は友達の中でも出世や収入が多かったけど、チャレンジ精神というか夢という言葉を社会の中で忘れかけていて、この時再び思い出していた。

　二十五歳の春に和田島統括支店長に会議の後に呼ばれた。僕はその前の年に所長になる資格を取る社内試験に合格していた。

「高村、おまえ一日付けで静岡東営業所の所長として勤務してもらうから、そのつもりで他の従業員に仕事を渡していけ」

「え、本当ですか？」

「そうだ、全国で一番若い所長の誕生だよ。だからとにかく営業所内で事故だけは起こすなよ」

「はい、ありがとうございます」

　そう和田島統括支店長から言葉をもらって嬉しい反面、このまま社会の中にどっぷり浸かる自分がいて、本当にやりたいことは社会の中で出世することではなく、夢を追いかけることではないかと思うもう一人の自分がいた。

前にも操さんにも同じようなことを言われたなと思い出していたら、たまたま支店長室を出たところに、操さんがいた。

「なんでここにいるの？」

操さんに声をかけた。

「あら、私にも連絡くれないくらい忙しいのかね」

確かに入社してから忙しくて連絡もしていなかった。

「ねぇ、ちょっと時間ある？　ていうか、なんで今日いるの？」

僕はまた操さんに相談したかった。

「システムが変わるから研修だよ」

確かにうちの営業所からも成瀬さんがその研修に出ていた。支店の食堂で操さんと話をした。僕はコーヒーを飲みながら、先ほど統括支店長が話をしたことを操さんだけに話した。

「うそ、ほんと？　凄いじゃん」

「会社に入ってこんなに嬉しいことはないんだけど……」

操さんは僕が何か考えていることを察知して、

「なんでよ、凄いことよ。これって」

「わからないけど、順調過ぎる反面、就職する前のことが思い出されてね。本当だったら、このポジションには、そしてこの会社にはいなかったからさ……」

「まだ未練あるの？　人生の選択に……。あ、そういえばね。こないだ、伊津美ちゃんと逢ったよ、男の子連れていたよ」

なんで、忘れていたことを言うんだと思った。

「そうなんだ、幸せそうでよかった」

強がりで言葉を返した。

「彼女と別れて夢を追ったのに、気づけば会社に入社していて何のために伊津美と別れたのかって最近思うようになっている自分がいるんだよ」

「確かにね。自分のやりたいことをやるために彼女と別れて、ましてや気づけばこの会社に入って、今では若さの勢いもあり所長にこれからなるんだよね。じゃなんで夢なんて追いかけたのって葛藤するよね」

「うん、ほんとさっき所長になるって言われた時、なんか素直に喜べなくてね。だから相談しているんだよ」

「迷っているってことは、自分はもう一度そっちの道をやりたいと思っているんじゃないかな？　そんな中途半端で所長になるんだったら、彼女をあきらめて自分の道を進んだ過去が邪魔になるなら、やるだけのことをやってからでもいいと思う。でも、私も今度は反対だけどね。こんないい話、この若さではないからね。それだけ会社はあなたを信頼し認めてくれている、そして期待しているのだから、よく考えなさい……」

「そうだよね」

「でも、彼女に対して筋を通したいんでしょ。夢を追いかけて彼女と別れたのに、結局は就職したから。まーくんの気持ちは解らなくもないよ。もうこれからまーくんなんて呼べないね。おめでとう」

「ありがとう」

「今度お祝いやらないとね」

僕たちは自分の営業所にそれぞれ戻って行った。

その夜、僕は考えていた。

伊津美と別れる理由が東京でミュージシャンになることだった。夢に向かうことが別れた一番の理由で、僕が東京に向かってしまった過去。でも結果的には伊津美の言う通りになっていた。あの時、そのまま夢なんか考えずに就職していれば別々の道を歩むことなく伊津美を幸せに出来た。夢を追ったことで彼女の幸せな未来をなくしてしまったこと。

この時、僕は伊津美のためにも、自分の貫いて歩もうとしていた道をもう一度歩み出さなければいけないと思っていた。そして僕は辞表を書いた。

「僕は今日から無職になります。無職と言っても夢の職と書きます。これから波乱万丈な人生を進むことになりますが、応援よろしくお願いします」

そう、朝礼であいさつをしてダイワ急送を去った。

8　思わぬ再会……

僕はそれから十年近く、好きなだけ好きなことをやってきた。ミュージシャンとして自分がやりたかったこと、自分の作った音楽を好きなだけ演奏してきた。小さなライブハウスから大きな文化会館のステージまで思うがままに演じてきた。それが、反響を呼んで業界からもオファーをもらったり、天気予報のＢＧＭまで作らせてもらった。面白かったのは、ラジオ番組に呼ばれた時のことだった。

「え、今日のゲストって、まぁなの？」

「あ、澄ちゃんじゃん、久しぶり。よろしくお願いいたします」

「今日は、学生時代から知っている私の弟分であります、まぁがゲストに来てくれました」

こうやってつい普段の呼び方で、澄ちゃんは自分の番組で僕を紹介していた。彼女は僕を自分の番組で紹介することに物凄く喜んでいた。その後、澄ちゃんの招き入れで、僕はこのＦＭ局で彼女と番組を半年くらい一緒にやった。

「こんな風にまぁを紹介出来るなんて、そして番組をやれたなんて本当に嬉しいよ。番組聴いていたかわからないけど、きっといづも喜んでいると思うよ」

「連絡まだ取り合っているの？」

「もう最近は全然、一年に一度くらいかな？」

「そうなんだね。でも結婚して子供生まれたまでは聞いていたよ」

その時、澄ちゃんは僕が伊津美のその後を知らないことに気づいた。だから、あえてこの時は何も言わないでいてくれた。ＦＭ番組を半年担当させてもらって、最後には二人で打ち上げをした。

「ありがとう、乾杯……」

澄ちゃんがビールグラスを掲げて祝ってくれた。

「こちらこそ、番組一緒にやらせてもらって澄ちゃんには感謝しているよ」

「ライブハウスでは入りきれなくなって、なんか大きいホールでやっていたんだって？ディレクターから話を聞いたよ。オファーもたくさんもらってるってね」

「おかげさんでね、でも、正直もう満足しているし、この歳だしそろそろ将来を考えたいかな……」

「なんで？」

「あの頃は絶対に東京に行って音楽で成功すること、プロのミュージシャンになるのが夢だと思っていた。でも、やっていくうちに違うんだって感じてね」

ビールを僕は飲み干して、

「わからないけど、なんか違ったっていうか、自分の音楽を好きなだけ作って演奏することが夢だったのかなって思うようになった。それと、やはり自分の中でここまでやれば伊津美も許してくれるかな？って思えるところまでたどり着いたから……」

澄ちゃんは空いたビールグラスを見て
「すいません、生もう一つ下さい」

店員に叫んでいた。

「なんとなく気分的に晴れてきたんだ」

「そうだね、あの時、音楽やりたいから東京行くって、プロのミュージシャンになりたいって言っていづの元から去って、そして蓋をあければ会社に就職したからね。なんか、いづをだましてしまったと言ったら言い過ぎだけど、結果的にはそうなってしまったから、まぁもずっと心のどこかで辛かったんじゃないかな？」

「よくわからないけど、澄ちゃんの言う通りだと思う。なんとなくね……」

店員がビールを持ってきた。

「よく、頑張ったよ、まぁは……」

「そう言えば、澄ちゃんは結婚して旦那さんとの間に子供いないの？」

「私が悪いんだけどね、仕事辞めずにやはり好きなことしているから、出来なかったが正しいかな、でも旦那とは今でも仲いいよ」

「それならいいじゃゃん。でも澄ちゃんも若くないから仕事ほどほどにして身体気を付けてね。そして夫婦仲良くね、いつまでも」

「ありがとう」

二人でゆっくり久しぶりに話して僕もなぜか不思議に肩の荷が下りた感じがした。

僕は、こうして音楽の道から足を洗って、地元で再就職をした。

運送会社にいた経験が元で、倉庫などで働く物流会社に就職して毎日必死で頑張っている中、事件が起きた。

「伊・津・美か？」

トラックが会社に入ってきて、荷物を受け取ろうとフォークリフトを使ってトラックの側まで行った時、その言葉を発してしまった。伊津美はやばいっていうような顔をしながら、

「うん……」

「何してるんだよ？　トラックなんか乗って」

「え、仕事している」

「それはわかっているよ。いや、なんでトラック乗っているの？」

そこへ会社の同僚が

「高村さんどうしました？」

近くに寄ってきたので、僕と伊津美は目を合わせながら、

「ドライバーさんが女性だったので驚いただけだよ」

「そうなんですか？　最近は多いですよ、女性ドライバーさんは、ねえ、中野さん」

伊津美の顔を見ながら話していた。

「ただ、それだけだよ、こっちは大丈夫だから」

僕はそう言って同僚を元の場所に戻らせた。

「伊津美、ドライバーってどういうこと？」

「まぁこそ、なんでこの会社にいるの？　私はこちらによく納品に来てるよ。でも会わなかったじゃん。てっきりまだ音楽やっていると思っていた。澄子から一緒に番組やっているよって話を前に聞いたから」

「好きなことを好きなだけやってもう納得したから、去年からこちらの会社でお世話になっていて、最近こっちの倉庫に異動になったから」

そう言いながら、トラックの荷台から荷物を降ろした。

「受領印下さい」

伊津美にそう言われて、僕は印を押した。そして、前にも教えていたが、携帯の番号を再び教えた。

「暇があったらかけてきてほしい。ゆっくり話もしたいし」

「朝早いから。忘れてなかったら電話するね」

「絶対にして」

「わかった。ありがとうございました」

そう言って伊津美はトラックで会社を後にした。この時点で僕の頭の中は真っ白というか、逆にいろんな想像が浮かんでは消え浮かんでは消えという感じで、その後の就業時間はずっと伊津美のことを考えてしまった。

僕がダイワ急送を辞めてから約十年以上の後、僕が三十六歳の年に再び再会するなんて予想もしていなかった。家に帰ってもずっと伊津美のことが気になってしかたなかった。そこで、いても立ってもいられなかったので、澄ちゃんに連絡を入れた。

「澄ちゃん、俺、まぁ」

「どうしたの、突然？」

「今日、伊津美に会った」

「え、うそ？」

澄ちゃんは伊津美から聞いていた。一呼吸置いて
「会ったみたいだね、いづからも久しぶりに連絡がきたよ。まぁと番組やっている時にいづのその後を知っていると私は思っていたのに、最後二人で打ち上げした時にその後のいづを知らないことに気づいたけど、私はあなたに何も話さなかった。話してももう仕方がないしショックを受けると思ったからね、ごめんね、ほんとうに」

「どこがどうなって、あいつはドライバーなんてやっているの？」

「本人から聞かなかった？」

「聞かなかったし、携帯の番号教えたけど、きっとかけてこないって思ったから澄ちゃんに連絡をしたんだよ」

「本人の口から聞いた方がいいんじゃない？」

「いや、それはそうだけどさ、かけて来ないでしょきっと」

「私からいづに話してみるよ、まぁが心配しているから連絡してやってって……」

「うん、じゃ待っている。ありがとう、それじゃ」

　そう言って僕は電話を切った。でも、なぜ運送会社のドライバーになっているのか、結婚して子供が生まれて幸せに暮らしているとずっと思ってきた。その中で僕は自分の道を歩いてきているってずっとそう思っていた。僕は伊津美にミュージシャンになりたいと言った過去の自分へのノルマとして、少しでも夢にたどり着きたいと思って会社を飛び出したのに。

　今さらそんなことはどうでもいいと思いながら、伊津美の連絡を毎日待っていた。しかし、伊津美からの連絡は全く来ないどころか、仕事場に同じ運送会社のトラックが入ってきたので、

「中野さんという女性のドライバー最近来なくなったけど、他を回っていますか？」

そうドライバーに尋ねたら、

「あ、中野さん、いい子だったけどね、もう仕事辞めたよ。どこで何しているのかわからないよ」

この話を聞いた時、伊津美は僕と会いたくないんだって思った。別に昔のことを思って話したかったのではない。僕の中で彼女は幸せな人生をあの後送っていたとずっと思っていたから不思議でたまらなかった。なぜ、伊津美がトラックのドライバーになっていたのか？　旦那さんは？　子供はどうなってしまったのか？　そう言えば伊津美は中野さんと呼ばれていて旧姓だった？

伊津美のその後が僕はどうしても気になっていた。

今日は残業して帰宅しビールを部屋で飲んでいた。この頃も実家に帰らず独り暮らしをしていた。彼女もいて毎日が充実していたし、将来をそろそろ考えないといけないと思っていた時に伊津美と再会したから、頭の中は混乱していた。

部屋で一人で飲んでもう寝ようとしていた時だった。突然携帯が鳴った。

それは、伊津美からだった。

「まぁ、起きてる？」

「どうしたの、こんな遅くに」

時計は夜の十一時をまわった頃だった。

「どうしてるかなと思って？」

「なんで今頃電話してくるんだよ」

「ごめん」

「僕は、伊津美と再会してからずっと気になって電話来るの待っていたんだよ、それなのにまったく連絡なくて、澄ちゃんと話したの？」

「電話で一度話したよ」

「じゃ、なんですぐに電話くれなかったんだよ」

「何から話したらいいのか、頭の中が整理つかなかったから」

「それでも元気でいるから心配しないでとか電話してきてほしいよ。連絡先渡したじゃん
……失くしたの？」

「失くしちゃった、ごめん」

「澄ちゃんから連絡先聞かなかった？」

「聞いたけどかけれなかった。ごめんね」

「そんなに謝らなくていいよ。で、何があったの？」

「それはまたゆっくり話す。まぁ、まぁ、懐かしいね」

「僕は再会してから心配で毎日あれから伊津美のことを考えていたよ」

「まぁ、まだ独身なの？　結婚しなかったの？」

「この先はわからないけど、とりあえず今はまだ独身」

「そうなんだ、ごめんね」

「何謝っているの？」

「なんとなく」

「それより、一度会わないか？　今何の仕事しているの？」

「あそこの会社辞めて、今また運送会社の事務員やっている」

「そうなの、生活ちゃんとしているの？」

「大丈夫」

「伊津美、話しにくいことあったら、メールして来いよ、何もできないけど話ぐらいは聞いてやれるからさ」

「うん、ありがとう」

「またゆっくり電話するよ、遅くにごめんね」

「わかったよ、必ず電話してきてよ、メールでもいいからさ、約束ね」

　こうして伊津美からの電話を切った。話したことで安心したというより、なんでこんな人生を歩み始めていたのか、彼女のその後が全く想像出来ずにいた。

　二日後の日曜日、伊津美から連絡がきた。

「まぁ、今日会いたいんだけど会えるかな？」

「いいよ、今どこに住んでるの？」

「実家だよ」

「今から家に行くから、一時間くらいでそっちに行くから、一時間後くらいに家の前に出ていて」

「わかった、それじゃ」

　僕は車に乗り伊津美の実家に向かった。僕は伊津美の実家の隣の街に住んでいたため一時間近くかかって辿り着いた。

「伊津美、乗って」

伊津美は僕の車の助手席に座った。

「どうする？」

「どこでもいいよ、でも静かなところでゆっくり話したい」

「じゃ、海でも行く？」

「うん」

僕は海に向かって車を走らせた。伊津美を乗せて車を走らせるのも久しぶりだなと思いながら。そして車を走らせること十分で埠頭に到着した。

「どうしたんだよ、伊津美、俺の中では子供生まれて幸せに暮らしていると思っていたのに」

「どこまで知っているの、私のこと？」

「ほんと、十年くらい前に伊津美に子供が生まれたってくらいでその後は全く知らないよ」

「そうなんだ」

「私ね、六年くらい前に、離婚したの」

「えっ、子供は？」

「親権取られてもう逢えないんだ」

「なんで？」

「向こうのご両親と揉めてね。旦那さんはお坊ちゃんだから、私とは生きてきた世界が違った。その旦那のご両親とも違った」

「子供はどうなったの？」

「旦那側と闘ったけど親権を取られてしまい、もう子供とも五年くらい会ってない。それに私は病気にもなり、ほんと人生が狂った」

「病気って？」

「大腸がんやったの」

「はっ？　でも今何ともなく思えるけど、見た目は……」

「初期だったからとりあえず、手術して何とか生きながらえた」

「そうなの？」

「うん、だから人生が全部悪い方向に行ってね」

「病気の事は澄子にも内緒にしていたから、言わないでね」

「言わないけど、それで病気は大丈夫なの？」

「とりあえずは大丈夫だよ」

「なら、良かったけど」

「精神的にもほんとやられたよ、この数年間は」

「でも、子供のために貯金して持っていてやりたいし、生活もあったから、事務職よりもドライバーの方が稼ぎいいからね」

「そうだったんだ」

「まぁは？　澄子からところどころ聞いてはいたけどね」

「僕は自分のやりたいことを満足するまでやったよ、澄ちゃんのおかげでラジオで一緒に話をしたりね。あと、天気予報のＢＧＭ作らせてもらってね。なんか伊津美といた頃はプロのミュージシャンになりたいと思っていたけど、それ以上にやりたいことを満足するまでやったから、なんかひと区切りしたって感じで、今の会社に就職して再度将来を考えようと思った。今は仕事も慣れて楽しくなってきた頃だよ」

「そうなんだ。それは良かったね」

「僕は伊津美が幸せな人生を歩んでいる、僕と共に未来を歩かなくてよかったって思って今まで生きてきたよ、でもこんな人生を後に伊津美が送ることになるなんて、ほんと謝るしかないよ、僕は」

「ありがとう。でも、まぁのせいじゃないよ。これがそれぞれの人生だったんだよ。もし、あの頃まぁと一緒になってても、お互いまだ若かったからうまく続いたかなんて誰にもわからないよ」

「そりゃ、そうだけどさ、でも病気になってほんと辛かっただろ」

「病室にいたころ、まぁを思い出していたよ」

「でも良かったね、初期だったから」

「まぁは幸せなの？」

「うん、いろいろあったけど、幸せだよ」

「それなら良かった」

「伊津美はこれからどうするの？」

「両親のこともあるしさ、実家から通って仕事をするよ。でも、まぁに再会出来てほんと嬉しかった。まぁ、私の分まで幸せになるんだよ」

「何言ってるの？」

「なんとなくね」

「ほんとの事言えよ」

「別になんの意味もないけど、こうしてまぁに会ってホッとしたっていうか、ようやく話せたっていう想いがあってね」

「それならいいけどさ。困ったり、寂しくなったら、僕だけじゃなくて澄ちゃんとこにも話をしろよ。僕もたいした力はないけど、聞いてやることぐらいは出来るからさ、すぐにでも……」

「ありがとう。ようやくすっきりした。ほんとありがとう」

「何か食べる？」

「いい。ホッとしたから。ずっと話したかったけど、なかなか話せないでいたからね……」

あとになってわかったけど、僕はこの時、伊津美が少しずつ病気に侵され始めていたなんてまったく思わなかった。言えばこの話を信じていた。顔色も普通だし、今までの伊津美と見た目は少し痩せたかなと思うくらいで何も変わらなかった。

「まぁ……」

「何？」

「まぁ……、久しぶりだね、こうして呼ぶのは」

僕は伊津美を家に送り、途中のコンビニの駐車場で澄ちゃんの携帯に電話をした。

「澄ちゃん？」

「あら、どうしたの？」

「ごめん、今日伊津美に会って話を聞いた」

「何をどこまで？」

「離婚して、子供の親権を取られたって、あと初期の大腸ガンで手術していたよ」

「うそ、ほんと？　病気までは知らなかった、私は……」

「澄ちゃんに内緒にしておいてって話されたけどね。お願いがあるんだけど時々伊津美と話してやったり、気をかけてやってくれない？　僕も時々気にかけてメールとかで話をするつもりでいるからさ」

「まぁ、私はともかくそこまであんたが気にかけてどうするの？」

「なんとなくね、話くらいは聞いてやりたいと思ったから。心のどこかで若いころの自分の決断で、伊津美を不幸にしてしまったんだと彼女のその後の話を聞いて思ってしまったから」

「馬鹿だね、あんた、そこまで考えなくていいと思うよ」

「そうなんだけどね、なんかやっぱり気になるし」

「そこまで心配しなくていいと思うよ。あの子だって大人なんだから、ましてあなたよりも大人です」

「うん、でもなんとなくね、だから時々話し相手になってやって……」

「わかりましたよ」

「ありがとう、澄ちゃん……」

9　告白……三十年後のクリスマスイブ

早いもので、僕は来年五十歳を迎える年齢になっていた。あれから僕は、仕事に夢中になり気づけば人生の折り返し地点をもう既に越えていた。

「変わりないか？　元気で過ごしているか？」

「大丈夫、まぁも変わりない？」

こんなメールを半年に一度くらいするくらいだけど、その昔の付き合っていた女性というより何か身内的な気持ちを伊津美に対して抱いていた。

「伊津美、今年さ、出逢って三十年だよ」

昨日、気づいたので久しぶりにメールをした。

「まぁ、いくつになったの？」

「来年五十歳だよ、伊津美は五十五歳かな？」

伊津美は早生まれなので、学年は六つ離れていた。

「今年さ、三十周年だから、年末にご飯でも食べないか？」

「いいよ、ほんとだね、長かったね」

「こんな会話が出来るなんて、ほんと伊津美に感謝だよ」

「そんなことないよ」

僕は未だに独身でいた。別に伊津美のせいで独身を貫いてきたわけではない。この歳くらいになると、一人の方が凄く楽になってしまった。

ずっと一人暮らしをしていたが、親がもういい年齢なので実家に戻って実家から会社に通っていた。あちこち身体もガタが来ていて、僕は時々休みをもらっては総合病院の眼科に通っていた。若い時無理ばかりしてきたから、肉体的に辛くなり、接骨院やマッサージにも通っていた。

「澄ちゃん、元気？」

「久しぶりね。まぁは元気なの？　聞いたよ、いづと出逢ってちょうど今年三十年だって、だから食事するって話していた。あの子ほんと嬉しそうだったよ、ほんとまぁは、ロマンチストね……」

「そうなんだ。だってさ、なかなかないでしょ。昔付き合った女性と今でも友達付き合いしているのって。もうなんか姉のような感じでね」

「私も来年あなたと出逢って三十年じゃないの？　何かごちそうしなさいね、お・わ・か・り？　これだけお世話した人もいないでしょ？」

「そうだね。澄ちゃんにもほんとお世話になったね」

「楽しみにしているから」

「最近、伊津美と話している？」

「たまに話すよ、近況とかね。それこそこないだ久しぶりに彼女とお茶したよ。元気そうだったし、でも少し痩せたっていう感じだった」

「そうなんだ」

「でも、痩せた理由は聞かなかったけど、更年期が辛かったって話していたから、年齢的にくるものかなって思っていたよ。仕事も普通に続けているみたいだから安心しな」

「ありがとう」

「どうして私があんたたちを、ここまで長い年月お世話しないといけないのかって先日思ったよ」

「でも、凄いよね、澄ちゃんともそうなるけど三十年知り合いなんてね。だいたい年々付き合いがなくなってくるから」

「そうね。今度期待しているからね」

「わかったよ、フルコースでもご招待しますから」

「それくらいの価値は絶対にあるね」

澄ちゃんとは時々会話していた。

十月過ぎに伊津美とメールで会話した時だった。

「伊津美、元気か？」

「元気だよ、まぁは？」

「変わらないよ、先日澄ちゃんとも話した。彼女も元気していた」

この頃もう既に伊津美は入院していた。でもそのことは僕にも澄ちゃんにも内緒にして、メールで普通に話せているからまさか入院していたなんてまったくわからなかった。

「十二月二十四日に伊津美と三十周年記念会二人でやろうよ」

「嬉しい、楽しみにしているよ。まぁ、澄ちゃんにも来年は私も三十周年でしょって言われてるでしょ？」

僕はメールの文章を見て少し微笑んで、

「そうだね、そうなるね。それより伊津美とクリスマスイブに食事したいから、体調とか感染病とか流行ってきたから、それまで気を付けて元気でいてよ。また近くなったら連絡するから」

「うん、待ってるね」

これが伊津美と交わした最後のやり取りだった。僕は楽しみというか不思議な感情にとらわれていた。昔付き合った女性といまだにこうして会話出来る関係が三十年も続いてきたんだって感極まっていた。


その年の十二月十日。

僕は伊津美と三十周年で食事をしようという約束していたので、時間と場所を決めたくて彼女にメールした。

「伊津美、元気か？　特に変わりはない？」

当日、返事がなかった。その時はメールを見てないかもしれないし、十二月はどこの会社も忙しいから、返事はすぐに来ないだろうと思っていた。

しかし、何日経ってもメールの返事がなかった。

一週間が経過し、再度伊津美にメールをした。

「忙しいのかな。約束なんだけど、伊津美は仕事忙しい？」

こんなメールをしてもまだ何日もメールが返ってこない。僕は澄ちゃんにメールをした。

どうせなら付き合ってから今年の十二月二十四日でちょうど丸三十年だから二人の記念日になると思って。もう時間がないことに小さな焦りというか、このタイミングでお祝いをしたいと考えていたからだった。

「澄ちゃん、伊津美と連絡取れているの？」

「今月の初めに会ったよ」

僕はその言葉を聞いて少しホッとした。でも、実際に澄ちゃんが今月の初めに会ったのは伊津美の病室だったことはこの時知らなかった。

「連絡が全然途絶えたから、それ聞いて安心した。やっぱ仕事忙しいんだね。だからメールの返事が来なかったんだね」

後でわかったことだけど、伊津美から病状を絶対に言わないでと言われていたらしくて何か意味深なメールがこの時澄ちゃんから届いた。

「いづは予定していたよ、逆にまぁを驚かしたいというかドッキリ仕掛けたいからって話していたよ」

僕は、このメールの意味がこの時点で全くわからずにいた。

「十二月二十四日に連絡するみたいな話をしていたから、彼女が仕掛けるドッキリを聞いてないフリして楽しみに待っていなよ」

「うん、それじゃそうするよ。ありがとう」

ドッキリの予定日である前日の十二月二十三日になり、今晩か明日の朝に伊津美から連絡が来ると思っていた。しかし、連絡を待っていてもまだ来ない。それどころか、予定していない澄ちゃんから夜電話がかかってきた。

「まぁ、今仕事終わって家にいる？」

僕は澄ちゃんも絡んだドッキリだと思った。

「仕事終わってシャワー浴びて家にいるよ」

「それなら、今から家に迎えに行くから、出かける支度して家の外で待っていて……」

「うん、わかった」

電話を切って家の外で待っていた。二十分くらいして澄ちゃんが僕を迎えに来た。

「久しぶりだね」

今日は何か仕掛けている？　そう思いながら、僕らはそれぞれ別の道を歩んだけど、三十年後に澄ちゃんの計らいで僕と伊津美を教会のバージンロードを歩かせるみたいなドッキリを仕掛けているか？　と予想を立てていた。

「いいから早く車に乗って」

「どこに僕を連れて行くの？」

僕は仕方ないから騙されてやるかと思っていた。

「いいから黙っていて、車少し飛ばすから」

「飛ばしたら捕まるぞ、警察に」

「そんなことどうでもいいから」

この時、初めて疑問を抱いた。そして車で三十分くらい走った後、到着した場所は、県立総合病院だった。

「なんで、こんなところに連れて来たの？」

「いいから黙ってついて来て」

僕は県立総合病院の救急入口から澄ちゃんと一緒に入った。この時初めて、伊津美に何か起きていることを察知した。

「澄ちゃん、どういうこと？　伊津美、まさか病気？」

「ごめんね、黙っていたけど、いづはガンが再発して十月頃からずっと入院していたの」

「え、どういうこと？　十月にもメールの返信あったよ」

「当たり前じゃん、病室から元気ならメールくらい返せるよ」

初めて、僕は現実を理解した。

「で、どうなの？　こんな緊急に呼び出すってことは」

エレベーターの中で澄ちゃんの顔を見た時、澄ちゃんの眼には涙が今にも零れ落ちそうなくらい光っていた。

「これが伊津美が仕掛けたドッキリなの？」

僕は何がドッキリだよと一瞬思ったが、

「どれくらい悪いの？」

「いづの弟からさっき連絡もらってね」

「だからどれくらい悪いの？」

「もう危篤状態だって……」

「えっ……」

エレベーターから降りたら、

「面会時間は終わっています。すいませんお引き取り下さい」

「中野伊津美の身内です」

澄ちゃんが泣きながら大声で叫んだ。

「まぁ、こっち早く……」

澄子は僕を招き入れた。僕は全く理解出来ないまま伊津美がいる病室にゆっくり歩いていた。そして伊津美の病室に入った。そこには弟さん夫婦だけがいた。

「あ、澄子さん」

弟さんが言葉を発した。もう中野家はご両親が亡くなっていたようで、身内は弟さん夫婦しかいなかった。

その部屋の中の光景を僕は目の当たりにした。

「澄ちゃん、どういうこと？」

僕は茫然とした。

「澄ちゃん、どういうこと？」

そこに主治医が入ってきた。様子だけ見てすぐに部屋から出て行った。僕と澄ちゃんは、先生の話を聞きたくて一緒に外に出た。

「先生、どんな状態ですか？」

「お身内の方ですか？」

「はい、説明願いたいです」

僕と澄ちゃんは身内ですと嘘をついて入ってきたことを忘れていた。

「じゃ、こちらへ」

そう言って部屋に招き入れられた。

「主治医の大谷と申します」

大谷先生は、パソコンを使い写真を見せてくれた。

「前に大腸ガンを患ったのをご存知ですか？」

「はい、知っています」

澄ちゃんが先生に話した。

「中野さんのガンは、その時は初期症状で手術して治りましたが、その後、体調がすぐれなくて長い間病院に通う日々を過ごしていました。今年の夏くらいに今度は膵臓ガンが見つかりまして。それからこのように他の臓器に転移して今に至ります。彼女の意思と弟さん家族とご相談して、延命処置はせず自然に任せたいと言われましたので、今日までよく頑張ったと思います」

僕は、先生に駆け寄った。

「先生、こんな医療の発達した、ましてやこれだけデジタル技術や医療技術が進んだのに、何とかならないですか？　助けてよ、伊津美を……」

「……申し訳ありません。これが現実です。どうか受け入れて下さい」

話を聞いて僕らは茫然とした。そして、病室の前まで僕は澄ちゃんと歩きながら、突然僕は階段まで走って行き踊り場で座り込んだ。少し時間が経過し澄ちゃんが僕を慰めにきた。

「これが、澄ちゃんの言っていた伊津美が仕掛けたドッキリなの？」

「ごめんね、まぁ、ごめんね……」

澄ちゃんは泣きながら僕を抱きしめていた。

「ひどいよ、三十周年のお祝いをしようって今年約束したのに、伊津美のやつひどいよ、何がドッキリだよ」

「ごめんね。まぁ……」

澄ちゃんは十二月に病室で伊津美と会って、僕には死ぬ時まで内緒にしてほしいって懇願されていた。だから、この約束をずっと守り、彼女は辛い気持ちを抑えてこの三週間くらい過ごしてくれていた。

「澄ちゃん、この話を伊津美から聞いて苦しかっただろ？」

澄ちゃんは泣きながら、

「辛かったよ。私もまぁと同じ、それ以上に付き合いがあるからさ、でも彼女の意思を尊重した。それが、いづのまぁに対する想いだと思ったからね」

「ごめんね、澄ちゃん、俺のために辛かったでしょ。ほんとごめんね」

「私はいいのよ、まぁより先にこの事実を知って、そして受け止めたから。でもまぁは今この事実、現実を知ったから辛いよね、ごめんね、許してね」

僕と澄ちゃんは踊り場にずっと座り込んでいた。そこへ伊津美の弟さんがやってきた。

「高村さんですよね」

僕は冷静を何とか装って、

「はい」

「ご無沙汰しています、孝之です」

僕はその昔、伊津美を迎えに行った際に何度か弟さんと挨拶を交わしていた。

「忙しい中、来て下さってありがとうございます」

「姉も高村さんに最後に逢えてうれしいと思います、どうぞ、最後まで側にいてやってください……」

そう言われて僕と澄ちゃんは伊津美が待つ病室で座った。夜の零時を過ぎ、一時を過ぎ、二時二十四分、伊津美は命を引き取った。

「十二月二十四日土曜日、午前二時二十四分、ご愁傷さまです……」

みんなで先生に一礼をした。

「姉はご承知のとおり波乱万丈な人生を送ったかと思いますが、高村さんや澄子さんに最後看取ってもらって……。短かった人生ですが、幸せだったと思います。本当にありがとうございました」

澄ちゃんが、

「葬儀とか決まったら教えて下さい……」

そう言って、僕を病室から連れ出した。一緒にエレベーターに乗り、一階に二人で降りた。僕はもう一度病室に戻ろうと自然に身体が動いた。しかし、澄ちゃんが僕の手を取り、首を横に振った。そして、澄ちゃんは僕を乗せて家まで送ってくれた。帰りの車の中は二人とも無口だった。

「まぁ、家に着いたよ。辛かったでしょ？」

澄ちゃんは僕を抱きしめてくれて、僕は澄ちゃんの胸で大泣きした。

「とりあえず、お葬式の日程が決まったらまた連絡するから。しっかりするのよ、まぁ、わかった？　いづのためにも」

「うん」

澄ちゃんが車で帰って行った。僕は車を眺めながら……十二月二十四日まさか彼女と付き合ってちょうど丸三十年後にこんな形で永遠のお別れをすることになるなんて、あの頃は想像出来なかった。

朝方、澄ちゃんと別れてからも自分の部屋のベッドで眠りに就けなかったけど気づいていたら眠っていた。

その日、目が覚めたのは夕方四時をまわったところだった。僕はとりあえず、シャワーを浴びて今日の出来事を振り返っていた。お腹がすいたので、少し食べ物を口にした時だった。家のチャイムが鳴った。でも、人と会う気にもなれずにいた。

「宅配便です。荷物をお届けに来ました」

そんな声を聞きながら、僕はのんびり座っていた。そのため、年老いた親父がその荷物を受け取って僕に持ってきた。

「おい、荷物届いたぞ」

僕は何か買った覚えもなかった。しかし、伝票を見たら差出人が中野伊津美と書いてあった。恐る恐る中を見て見ると、手紙と包装された荷物が入っていた。手紙を読む前に荷物の包装紙を破いたら、見覚えがあるニット帽が入っていた。

「あ、これは……」

僕は記憶が蘇ってきた。それはちょうど三十年前に僕が伊津美に初めてプレゼントしたニット帽だった。これ、ずっと伊津美は大事に保管してくれていたのかってこの時初めて思った。同梱されていた封筒を開けたら、伊津美からの手紙だった。


「親愛なる、まぁへ。

覚えてますか？

この帽子。最初のクリスマスイブに私にくれた帽子です。

これを受け取っているころ、おそらくもう私はこの世にいないでしょう。

まぁと出逢えてお付き合いをしていた時間が振り返ると一番幸せで今となれば尊いものです。

私の人生の宝物です。その宝物を持って片道切符を手に先に旅立ちます……

私の夢覚えてますか？

クリスマスイブにプロポーズされること。

まぁがしてくれなかったから、今日ここで逆プロポーズします。

まぁへ本当にありがとう……

まぁへ、愛してます。再び巡り合えたら今度こそ……

三十年経過しても、今日の日がいづみとまぁの記念日として。永遠に……」

これが伊津美の仕掛けた本当のドッキリと思いながら、手紙を読み涙が止まらなかった。

そして、僕は帽子を抱きしめながら、ふと昔の出来事を思い出していた。三十年前に運送屋さんでアルバイトをしていた時のことを。

十二月二十四日の夜、山奥に自分の車で配達に行った出来事。あの時、僕は子供さんのクリスマスプレゼントを届けた。

大好きな父親からプレゼントをもらう子供の喜ぶ顔を見た。子供の喜ぶ顔が、まるで三十年後あの時の子供と同じような気持ちにまさか自分がなるなんて……。

僕の中で三十年前のあの時の記憶がフラッシュバックしていた。

あの時の子供の気持ちが……

今日は十二月二十四日なんだって……

10　あれから……

澄ちゃんと一緒に僕は伊津美の葬儀に参列した。伊津美が亡くなった日に荷物が届いたことを澄ちゃんに話した。

「澄ちゃん、伊津美が亡くなった日、二十四日のクリスマスイブに荷物が届いたよ。もしかして、荷物送ってくれたの澄ちゃん？」

「うん、今だから話すね。私がいづの入院を知らさせてから、ずっと荷物を預かっていました。いづに頼まれてね。どうしても十二月二十四日に届くようにって言われてね」

「やっぱりね。何か言っていた？」

「どうしても渡したいから、届かなかったら恨むからねって言われたよ、半年くらい前からもう命が短いことを察していたんだと思う、今となれば」

「そうだよね、字もまだしっかり書けていたから」

「なんか、振り返るとさ、やっぱり大学卒業して就職して伊津美と一緒になっていればこんな結末になっていなかったかなって思うよ」

「そんなこと思わなくていいよ、これも二人の人生だから。まぁがその昔、私のラジオの番組に出た時、もの凄く喜んでいたよ。だからいづもあなたの選択を間違ったなんて思っていないよ、今も……」

「そうかな？」

「そうだよ」

葬儀は近親者のみで無事に終えた。ほんと三十年前と違っていろいろと発達した中、命の尊さを感じていた。

あれから僕はまた現実に戻り、毎日仕事と家の往復の生活を取り戻していた。年齢のせいか、目がさらに悪くなり病院に月に一回通っていた。

総合病院の眼科にいる時だった。僕は待合室で待っていると、医療事務の方が患者を呼んでいた。

「四百三十四番の方、四百三十四番の方……」

「失礼いたします。お名前でお呼びさせて頂きます」

時代は変わり、病院も個人情報とかがうるさい時代になったなと思っていた。

「四百三十四番、西ヶ谷様、西ヶ谷操様……」

僕は聞き覚えがある名前が呼ばれているって思いその方の顔を見たら、昔凄くお世話になった操さんだった。外見はもう白髪混じりのお婆ちゃんだった。ちょうど、診察が終わって帰るところにおそらく次の診察の予定を聞いていたらしい。彼女に近寄って話をしようと思ったけど、近寄らずに黙っていた。

今さら、話すこともないしと思った矢先に、操さんが僕に気づいたらしく、

「まーくん？」

気づかれてしまった。

「私がいるって思っても無視しようとしたでしょ？」

「いや、同姓同名の人が呼ばれているなって思ったけど、まさかと思ったし、違う人かと思ったから。声かけて間違ったらカッコ悪いし」

彼女とも何十年振りの再会だった。

「今どこで何してるの？」

「物流会社の部長やっているよ」

「私も見て、お婆ちゃんだよ」

僕は心の中で、相変わらずだなと思っていた。

「私もね、いろいろあってね、数年前に旦那を亡くしてね。息子も結婚して子供がいるから完全にお婆ちゃんだけどね……」

「そうだろうね、でも大変だったね……」

操さんは僕より確か十四歳上だったから、もう六十四歳くらいだと思った。

「昔の人たちとまだ会っているの。あのスナックはもうさすがにないでしょ？」

「ないよ、もう昔の人たちとは付き合ってはいないよ」

「でも元気そうで良かったよ」

「あれから伊津美ちゃんとは？」

「伊津美は先日ガンで亡くなったよ」

「え、そうなの？」

操さんは目に涙を溜めながら
「二人にはあれからいろんなことがあったでしょ？」

「なんでわかるの？」

「まーくんの考えや行動は今でも想像出来るから」

「ほんと、昔から勝手に自分や自分の息子に似させていたよね。僕のこと大好きだったでしょ？　あの頃」

「あの頃はあなたが不思議と可愛くて仕方なかったよ。男として見たら、私のタイプだったかな。でも、あの頃まだお子ちゃまだったしね、まーくんは。でもまだ伊津美ちゃん若いのにほんとかわいそう……」

操さんと話をしていると僕の診察の番になり、番号を呼ばれた。

「四百八十八番、四百八十八番、二番の診察室にお入りください」

「僕だ……」

「呼ばれたみたいだね、それじゃね、まーくん、元気で」

「操さんも長生きしてね」

意外な人に意外な場所で再会した。お婆ちゃんになっても綺麗だなと思いながら、僕は診察室に入った。

今日は伊津美の四十九日法要だった。

澄ちゃんから連絡をもらっていたので、お寺で僕は澄ちゃんと会った。伊津美の弟さん夫婦に挨拶をし、僕と澄ちゃんは手を合わせていた。

その後、僕たちは伊津美のお墓の前に立っていた。

「少しは吹っ切れたの？」

「澄ちゃんは？」

「もう大丈夫、いづの分も長生きするからねって今話したところだよ、まぁも手を合わせていづと話してあげて、早く……」

僕は伊津美のお墓に向かって、

「伊津美、ごめんね。あのまま、伊津美と一緒になっていれば幸せになっていたのに……ほんと、現実を受け止めるには辛かったけど、今は伊津美の分まで元気に毎日を頑張っています。

僕が伊津美の元に行ったら、伊津美がしてくれたプロポーズを受け止めるから。それまで見守ってください……。

そして待っていて……僕が伊津美の元に帰るのを……昔のように……」

僕は手を合わせながら、その昔大好きな伊津美に逢うために大学の休みになると真っ先に帰京していた、そんな自分を思い出していた。

青春を共に過ごした日々を噛み締めながら……

あれから三十年くらいの間に時代はどんどん進化していた。これからもどんどんいろんな物が進化していく。すべてがデジタル化され、何不自由のない暮らしが出来る世の中になったけど、変わらないものがここにはある。

それは人を愛する気持ち……

そして色褪せない誰もが持っている想い出ということを……

この年齢になって初めて理解した自分がいた。

SPECIAL THANKS

作品協力　大畑睦美

校正協力　植田貴子

特別協力　森伊津美

ブレイズ三十周年記念
比嘉　希　松村幹隆　七田幸治　津吹　順
橋本　晋　野田加代　福添麻美　他選手一同

この本が完成するまでに出会ったすべての友へ……
そしてこの先出会うすべての友へ……

著者プロフィール

高塚 雅裕（たかつか　まさひろ）

1973年６月13日生まれ
出身　静岡県清水市（現静岡市）
日本文理大学卒
大学卒業後、某運送会社に就職。
自分の夢を叶えたくてその後、音楽制作・音楽活動をしながら、小説を執筆する夢を描き、2004年に小説を出版する。
自分の人生において突然のある出来事から世の中に再び作品を残したいと考え、約19年振りに作品を手掛ける。
現在も企業に勤めながら、音楽活動・執筆活動を続けている。
著書に『LAST LOVE』（2005年４月、文芸社）がある。

イブの約束　～ ETERNAL ANNIVERSARY ～

2024年２月１日　初版第１刷発行

著　者　高塚 雅裕
発行者　瓜谷 綱延
発行所　株式会社文芸社
〒160-0022 東京都新宿区新宿1－10－1
電話 03-5369-3060（代表）
03-5369-2299（販売）

印刷所　株式会社晃陽社

ISBN978-4-286-25180-6

郵 便 は が き

料金受取人払郵便

新宿局承認

2524

差出有効期間
2025年3月
31日まで
(切手不要)

160-8791

141

東京都新宿区新宿1－10－1

(株)文芸社

愛読者カード係 行

お名前《ふりがな》				明治 大正 昭和 平成 年生 歳	
ご住所《ふりがな》	□□□-□□□□				性別 男・女
お電話番号	(書籍ご注文の際に必要です)	ご職業			
E-mail					
ご購読雑誌(複数可)			ご購読新聞 新聞		

最近読んでおもしろかった本や今後、とりあげてほしいテーマをお教えください。

ご自分の研究成果や経験、お考え等を出版してみたいというお気持ちはありますか。

ある　ない　内容・テーマ(　　　　　)

現在完成した作品をお持ちですか。

ある　ない　ジャンル・原稿量(　　　　　)

書　名				
お買上 書　店	都道 府県	市区 郡	書店名	書店
			ご購入日	年　　月　　日

本書をどこでお知りになりましたか?

1.書店店頭　2.知人にすすめられて　3.インターネット(サイト名　　　　　　　　)

4.DMハガキ　5.広告、記事を見て(新聞、雑誌名　　　　　　　　)

上の質問に関連して、ご購入の決め手となったのは?

1.タイトル　2.著者　3.内容　4.カバーデザイン　5.帯

その他ご自由にお書きください。

(　　　　　　　　　　　　　　　　　　　　　　　　)

本書についてのご意見、ご感想をお聞かせください。

①内容について

②カバー、タイトル、帯について

弊社Webサイトからもご意見、ご感想をお寄せいただけます。

ご協力ありがとうございました。

※お寄せいただいたご意見、ご感想は新聞広告等で匿名にて使わせていただくことがあります。

※お客様の個人情報は、小社からの連絡のみに使用します。社外に提供することは一切ありません。

■書籍のご注文は、お近くの書店または、ブックサービス(☎0120-29-9625)、セブンネットショッピング(http://7net.omni7.jp/)にお申し込み下さい。